Владарг Дельбсат

ОБРЕТЕНИЕ
критерий разумности — 8

2025

Copyright © 2025 by **Vladarg Delsat**

All rights reserved.

No part of this publication may be reproduced, distributed, or transmitted in any form or by any means, including photocopying, recording, or other electronic or mechanical methods, without the prior written permission of the publisher, except as permitted by copyright law.

The story, all names, characters, and incidents portrayed in this production are fictitious. No identification with actual persons (living or deceased), places, buildings, and products is intended or should be inferred.

Book Cover by **StudioGradient**

Edited by **Elya Trofimova & Ir Rinen**

Copyright © 2025 by **Владарг Дельсат (Vladarg Delsat)**

Все права защищены.

Никакая часть этой публикации не может быть воспроизведена, распространена или передана в любой форме и любыми средствами, включая фотокопирование, запись или другие электронные или механические методы, без предварительного письменного разрешения издателя, за исключением случаев, предусмотренных законом об авторском праве.

Сюжет, все имена, персонажи и происшествия, изображенные в этой постановке, являются вымышленными. Идентификация с реальными людьми (живыми или умершими), местами, зданиями и продуктами не подразумевается и не должна подразумеваться.

Художник **StudioGradient**

Редакторы **Эля Трофимова & Ир Ринен**

Ка-эд. Второе демиула, третий день

Открыв глаза, я потягиваюсь, сразу же завернувшись в толстый мех. В пещере, да и на улице очень холодно, поэтому нужно хорошо утепляться, чтобы не заболеть. Лекарств у нас почти не осталось, а новые, которые только научились производить, не всегда помогают. Хи-аш говорит, что нельзя болеть... Меня зовут Кха-ис шестьдесят четвертая — это значит, что в семье Кха-ис я по порядку вот это самое число. Мне пять миулов и два демиула, и я учусь в школе. Скоро придет Хи-аш с работы и отведет меня в школу, где я буду очень стараться хорошо учиться.

Когда были живы Старшие, они могли за плохую учебу больно наказать, но вирус уже не разрешает становиться Старшим, а Хи-аш не делают больно, потому что жалко же. Мы и так недолго живем — это во всем вирус виноват. Вот поэтому у меня еще два миула школа, а потом надо будет работать и учиться, если смогу, чтобы к пятнадцати стать ученым или в космос летать. Я, по-моему, не очень умная, хотя буду стараться изо всех сил, чтобы не огорчать Хи-аш.

Когда я закончу школу, моя Хи-аш, скорее всего, умрет, потому что никто не живет долго, и я сама стану Хи-аш для кого-то. Мне очень грустно оттого, что моей Хи-аш больше не будет, ведь среди Кха-ис я последняя. Есть, правда, надежда встретить самца, и тогда я стану еще и мамой, ведь у меня собственные дети появятся. У моей Хи-аш не вышло самца встретить, ей в первые дни на работе железная балка одно ухо отрезала, и самцы на нее больше не смотрят. А теперь-то уже поздно просто, потому что она старая, получается. Если до смерти совсем недолго осталось, значит, старая...

На работе и в школе надо ходить на задних руках, это способ показать свой разум, а дома можно и на четырех, никто за это ругать не будет. Поэтому я, закутавшись в мех, подхожу к низкому столу, на котором завернутый в одеяло завтрак стоит. Его для меня Хи-аш оставила, чтобы я не холодное грызла, ведь в доме очень зябко. Говорят, в древности, еще до Катастрофы, мы как-то умели обогревать дома, но теперь уже точно нет. Совсем недавно снова взлетели звездолеты, потому что нужно же на помощь позвать, хотя, кому мы нужны, я не знаю.

Я ем едва теплую кашу, приготовленную моей Хи-аш, чтобы были силы. Поглядывая на часы, понимаю, что время еще есть и надо посмотреть задания, повторить все, потому что у нас сегодня проверочная работа. Кто-то недавно совсем хотел даже стимулировать на проверочных работах, только ему всю морду расцарапали, и он больше не хочет. Ну, Хи-аш за своего котенка кому угодно хвост оторвет, хоть у нас он и маленький совсем, но он есть.

Поев, я включаю экран. Он проработает недолго, но, во-первых, от него хоть чуточку теплее, а во-вторых, хотя бы узнаю, что происходит на Ка-эд, так наша планета называется. До Катастрофы у нас три планеты были, но теперь только одна, потому что мы смогли выжить, а другие нет. И еще несколько кораблей убежало прямо во время Катастрофы, хотя кое-кто говорит, что это они не бежали, а украли детей, чтобы издеваться. Странно, зачем издеваться над детьми? Наверное, в школе расскажут, зачем это может быть нужно, чтобы я знала, чего бояться.

— Та-кхэ сто двадцать восьмой утверждает, что вирус в целом побежден, — доносится до меня голос. — Скоро мы начнем иммунизацию всех родившихся после семьдесят пятого миула для достижения наилучших результатов.

После семьдесят пятого — это и меня тоже, я как раз по году подхожу. А Хи-аш почему нет? Не понимаю, поэтому, наверное, буду в школе спрашивать. Наставник совершенно точно все знает. Ой, экран же!

— Первые корабли для поиска пропавших будут запущены уже будущим миулом, — продолжает рассказывать усталый голос с экрана.

Это значит, что можно спасти тех, кого украли, ну или которые убежали. Это очень здорово, а тепло когда будет? Но экран рассказывает о том, что еще три демиула будет очень холодно, а потом два просто холодно, и это значит, что с холодом пока ничего сделать не смогли. Ну и с пещерами тоже, ведь дома рассыпались после Катастрофы, на пятый, кажется, год.

Вирус появился совершенно внезапно, а затем за полгода умерли все Старшие. Поначалу дети обрадовались — правила исчезли, а потом стало очень холодно и голодно, так что пришлось уже нам выживать, учиться делать пищу и что-то с домами сделать тоже. Вот с тех пор с каждым миулом все лучше и лучше становится, ну, так Хи-аш говорит. А еще, рассказывают, кто-то нашел старую технологию, чтобы память сразу передавать, и тогда долго учиться не надо, можно будет сразу работать. Но пока это только разговоры, хотя так было бы здорово, конечно, — времени оставалось бы больше.

Совсем скоро моя Хи-аш придет с работы. Ой, я же повторить хотела! Я спешу к школьному рюкзаку, из которого как раз кончик учебника высовывается — это счет, его очень хорошо знать надо, потому что он в любой науке используется, а я ведь хочу чего-то в жизни добиться. Может быть, я даже не умру в двадцать или около того и тогда смогу стать кем-то важной? Ну, если вирус победили...

Я увлекаюсь, повторяя правила счета, поэтому за временем не слежу совершенно. Вроде бы моя Хи-аш уже давно должна была прийти, но ее все нет, а еще на душе как-то очень горько и грустно, так, что плакать хочется. И с каждым мгновением все сильнее, поэтому в какой-то момент я не выдерживаю — отбросив учебник, заворачиваюсь в мех посильнее и плачу. Просто невозможно выдержать эту внутреннюю боль, поэтому я плачу так, что даже не слышу, когда в пещеру кто-то входит.

— Кха-ис! — зовет меня незнакомый голос, но я изо всех сил прячусь, совсем не желая смотреть, кто там пришел.

— Что там? — слышу я другой голос, по-моему, это наставник из школы.

— Мне кажется, она почувствовала, — звучит ему в ответ. — И что теперь делать?

Раз здесь наставник и кто-то незнакомый, значит, они пришли сказать, что Хи-аш больше не будет. Я вспоминаю, как она носила меня, как вылизывала, с какой любовью смотрела, и плачу пуще прежнего, ведь я действительно почувствовала. В этот момент мне не так важно, что будет со мной, ведь я оплакиваю свою Хи-аш. Я оплакиваю свое единственное родное существо, которого больше никогда не будет. И я понимаю это, но не хочу слышать! Не хочу! За что?

Я чувствую, как вокруг становится во много раз холоднее, как когтистая лапа сжимает мое сердце, и радуюсь тому, что ухожу к своей Хи-аш. Я ухожу под отчаянно ревущий сигнал «опасность для жизни ребенка», знакомый каждому.

Я лечу промеж звезд. Каждая сияет мне, будто хочет что-то сказать, а я просто лечу. Мне совсем не хочется возвращаться в мир, где я совсем одна. Моей Хи-аш больше нет, поэтому там я никому не нужна, какая разница теперь, буду я жить или нет? Я вижу странное марево впереди, оно выглядит как облако, сияя разноцветными молниями. Так выглядит смерть?

Тут я замечаю вдруг разных существ. Они будто проступают через марево, но я не пугаюсь, хоть они на Ка-энин совсем не похожи. Почему-то все они ходят на задних руках, как мы в школе... Наверное, у них там тоже школа. Вот я вижу существо с длинными тонкими штуками, выглядящими так, как будто это руки. Существо обнимает непохожего на него ребенка, и столько тепла чувствуется в этом жесте, что хочется плакать, ведь у меня такого никогда не будет. Никогда больше не обнимут меня теплые ласковые руки, потому что моя Хи-аш умерла. Я очень хорошо знаю это, потому что иначе бы меня в больницу к ней увезли, а не наставник с кем-то незнакомым пришел. Мне очень хочется туда, в это самое марево, но почему-то не можется, как будто что-то тянет меня назад, заставляя удаляться от этих сказочных картин.

Я не хочу возвращаться! Не хочу туда, где никого нет! Нет, не забирайте меня отсюда!

Но меня никто не слушает, только какая-то сила тянет все сильнее, заставляя вернуться в вечный холод нашего мира, и мне приходится открыть глаза. Я так не хочу этого, но меня не спрашивают, и в самый последний момент, уже потеряв волю к сопротивлению, я покорно открываю глаза, погружаясь в зелень больницы. Грозный гул, сопровождавший меня до сих пор, затихает, что-то дует в лицо, заставляя дышать, возвращая меня в мир, где я совсем одна.

— Очнулась малышка, — произносит кто-то. — Дыши, маленькая, дыши...

— За что? — хрипло спрашиваю я, хотя говорить неописуемо тяжело.

— Что «за что», маленькая? — ласково спрашивает меня какая-то самка.

— За что вы вернули меня? — с огромным трудом проталкиваю я сквозь сжавшиеся зубы. — Что я вам сделала?

— Ты нам очень нужна! — восклицает она, но я не верю.

У меня нет сил поверить в то, что я кому-то могу быть нужна. А старшие особи говорят между собой, что я отрицаю мир и не выживу поэтому, но я почти не слушаю их, потому что очень хочу попасть обратно — туда, где марево. Может быть, меня тоже с такой лаской обнимут? Я буду очень хорошей, только чтобы обняли...

Со мной сидят, гладят, даже между ушками, только никто даже и не пытается вылизать, ведь я чужая. Они говорят о том, что не бывает чужих детей, но и не пытаются назвать меня своей. Правда, я не знаю, смогу ли я стать чьей-то, потому что боль живет в моей груди, просто очень сильная боль, от которой нет спасенья. А затем я засыпаю, снова оказавшись там, среди звезд. Я изо всех сил стремлюсь к этому мареву, однако почему-то никак не могу туда попасть. Вдруг что-то случается, и я оказываюсь в тумане.

— Юный творец пытается пробиться, — слышу чей-то голос, только не могу понять, это самка или самец. — Только сил пока не хватает.

— Может быть, нужно помочь? — спрашивает кто-то, а марево вдруг пропадает.

Я вновь открываю глаза в кровати, среди гудящей техники и уже устающих от меня врачей. Они что-то пытаются сделать, но мне все равно. И тогда ко мне приходит наставник. Он садится рядом и просто молчит. Совсем ничего не говорит, затем только наклонившись ко мне, чтобы лизнуть. Это не вылизывание, хотя от этого жеста мне становится чуточку теплее на душе.

— Твою Хи-аш никто не заменит, малышка, —

вздыхает он. — Совсем никто, и мы это знаем, но тебе нужно найти в себе силы, чтобы подняться.

— А почему вы зовете меня малышкой? — удивляюсь я, потому что я большая же уже, целых пять миул!

— Потому что сейчас ты потерявшаяся малышка, утратившая смысл жизни, — объясняет наставник, но понимаю я его не очень хорошо.

— Если бы меня не спасали, всем легче было бы, — негромко говорю я ему.

— Нельзя не спасать, потому что не может быть ничего важнее тебя, — вздыхает он, принявшись меня гладить. — Я не вылизываю тебя, — продолжает он, — потому что мне скоро... Мой срок скоро закончится, а проводить тебя второй раз через то же самое очень жестоко, Кха-ис.

Вот почему он со мной так — чтобы я не плакала через миул или два. Я понимаю, отчего он так себя ведет, но принять не могу, потому ведь мне очень грустно и больно внутри. Плакать хочется, но слез нет, а наставник рассказывает о том, как я важна для всех Ка-энин. Только вот «для всех» — значит, «ни для кого», ну мне так кажется. Я верю и не верю ему, потому что хочется же ласки и тепла, а не слов.

Но ему как-то удается меня убедить, и я соглашаюсь попробовать. Возможно, когда я закончу школу, смогу попасть на опасное производство, как

Хи-аш, и тогда для меня все закончится быстрее? Мне очень хочется в это верить, можно сказать, что я обретаю такую цель в жизни. Поэтому, когда наставник уходит, я думаю о том, что однажды, в далеких местах, среди сияющих звезд, я встречу Хи-аш.

Может быть, если я заслужу, то смогу оказаться в том самом мареве, где ласковые объятия. Но день проходит за днем, я уже почти нормально хожу, когда за мной снова приходит наставник. Он укутывает меня в теплый мех, а затем ведет куда-то, только я не понимаю куда. Мы долго едем в железной «машине», а потом я вдруг вижу молодую самку, глядящую на меня как-то необычно.

— Вот, — вздыхает наставник. — Это у нас Кха-ис шестьдесят четвертая. Только не факт, что она сможет тебя принять. А ты?

— Чужих детей не бывает, — произносит самка.

Только она это как-то, как стишок в школе, произносит, а вовсе не чувствует. И ко мне не так относится, как Хи-аш. Я просто ощущаю это, только меня совершенно никто не спрашивает, поэтому я хочу дать ей шанс. Может быть, она меня вылижет? Ну вот вылижет и покажет этим, что я теперь ее. Пусть не будет того тепла, как у Хи-аш, но хотя бы не быть совсем одной. Мне так хочется, чтобы исчез этот лед внутри меня, чтобы пропала когтистая лапа, сжимающая сердце, поэтому я подаю руку этой самке. Разве я так многого хочу?

Наверное, все-таки много, потому что она просто ведет меня куда-то, спокойно и как-то очень равнодушно рассказывая о правилах. А Хи-аш обязательно сначала спрашивала, не голодна ли я, и всегда говорила ласково...

Ка-эд. Второе демиула, двадцатый день

Послезавтра второй демиул восемьдесят второго миула от Катастрофы закончится, а первого дня третьего демиула мне нужно будет возвращаться в школу. Я себя по-прежнему чувствую никому не нужной, потому что самка, которая играет в Хи-аш, ко мне очень холодно относится и, кажется, хочет сделать больно, потому что я ее раздражаю. Я боюсь этого и стараюсь быть очень послушной, хотя часто плачу. А ночью я все никак не могу попасть в то самое марево.

Я была права: она и не собиралась меня вылизывать, показывая тем самым, что я лишняя, чужая. Но я ничего и не ждала хорошего, и плачу не от этого, только от внутреннего холода. Мне очень хочется тепла, но я понимаю, что такого не будет никогда. Некому мне дарить тепло, а самка так Хиаш и не стала, хотя требует ее так называть. На меня всем наплевать, хоть они и говорят красивые фразы о детях. Наверное, я какая-то неправильная.

Сегодня все отчего-то волнуются, собираясь у экранов. И даже меня та, которая неправильная Хиаш, приводит, усаживая на неудобный стул. Он неудобный мне, потому что на хвосте сидеть нужно, но я ничего не говорю, ведь ее не волнует то, что мне неудобно. Поэтому я тихо сижу там, куда посадили, и жду что будет.

— Ка-энин! — на экране появляется самец, он в униформе, значит, из важных. — Случилось так, что мы встретили расу, готовую помочь нам и... принять. Это Старшие Братья, они хотят поговорить с вами, чтобы вы все решили.

А что мы должны решить, он не говорит совсем. Но тут на экране появляются они... Самец и самка, непохожие на нас. Стоящие на задних руках, эти двое, у которых нет ушей, смотрят так, что я сейчас заплачу, потому что в их глазах ласка. Та самая, которой у меня не будет никогда.

— Нет ничего важнее детей для любого Разумного, — произносит названный Старшим Братом. — И чужих детей просто не бывает.

Он вроде бы повторяет то, что я слышу каждый день, но как-то иначе это говорит, потому что от его слов становится тепло даже мне. Этот странный Старший Брат не останавливается, он смотрит, кажется, прямо на меня и говорит с такой лаской, что слезы сами бегут из глаз.

— Мы вылечим вас безо всяких условий, — очень мягко продолжает он свою наполненную теплом речь, будто согревая нас всех лучше самого теплого меха. — Но вот то, что будет затем, нам нужно решить всем вместе. Для нас, Разумных, вы дети, и прежде всего вам нужны родные, близкие, те, на кого можно опереться, кому можно поплакаться и с кем не надо стремиться становиться взрослым.

От этих слов плачу не только я. Все вокруг плачут, и это ничуть не стыдно, потому что Старший Брат угадывает мечты каждого из нас. Даже неправильная Хи-аш плачет. Она садится на пол, неожиданно обнимает меня, что-то шепчет непонятное и плачет. Наверное, ее просто назначили, а ей самой хочется Хи-аш... или даже... маму...

— Мы можем предоставить наставников и помощников, чтобы помочь вам наладить свою жизнь, — он будто ударяет меня этими словами, но затем показывает, что просто дает выбор. Честный, как будто ему действительно важно, что мы думаем. — Или же... вы можете влиться в нашу цивилизацию, обрести маму и папу, ну и мир, в котором ребенок превыше всего и никогда не будет боли. Но решение должны принять именно вы.

А на экране самка. Она совсем юная, но уже Хи-аш, я вижу. Однако говорит она не о детях — она о маме своей говорит. О той, что приняла ее, став настоящей мамой, и от этого я реву просто. Мне становится как-то очень холодно, я захлебываюсь слезами, потому что такого у меня просто не может быть. Моя неправильная Хи-аш, наверное, не сразу понимает, что со мной, а я хриплю уже, не в силах справиться с внутренней болью. Она сильно пугается, зовя на помощь, но для меня, наверное, уже поздно.

Пусть другие будут счастливы, а я ухожу к своей Хи-аш. Пусть у меня никогда такого не будет, но я просто очень сильно устала. У меня больше нет сил… И в последние мгновения своей жизни я слышу грозный сигнал, с которым уйду к моей Хи-аш. Пусть самцы ее не любили, потому что уха не было и носик порван, но она была самой лучшей, самой важной, и для нее была важна именно я, а не правила.

Вокруг все гаснет, хотя сквозь заснеженное окно слышится какой-то свист, и торопливый голос уговаривает меня потерпеть, но уже поздно. Я чувствую, как когтистая лапа хватает меня за сердце, медленно сжимаясь. Хлопок — и я снова оказываюсь среди холодных равнодушных звезд. Наверное, в этот раз я смогу оказаться в том самом мареве, потому что совершенно точно умираю. Возможно, для того чтобы там оказаться, нужно, чтобы меня не было?

— Звезды великие! — слышу я, и вдруг... меня обнимают теплые руки. — Малышка же совсем! Учитель!

Меня поднимают, но теперь я чувствую то, чего со мной просто не может быть — меня обнимают, ласково прижимают и, как мне представляется, вылизывают. Значит, я уже умерла и теперь здесь у меня будет... мама? Ну пожалуйста!

— Учитель! Посмотрите! Ей плохо! — восклицает тот же голос.

— Ребенок на самой грани, — произносит кто-то другой. — Надо сообщить нашим друзьям. Малышка, кто ты? Откуда?

— Я Кха-ис... — тихо отвечаю ему. Отчего-то говорить почти невозможно, как будто я уже совсем замерзла. Наверное, это потому, что я умерла?

— Нужно сообщить! — меня прижимает к себе моя... она не сказала, но, можно, будет мама?

— Мы сообщим, — еще один голос вплетается в общий фон. В нем много ласки, а еще уверенность.
— Не отпускай ее, малышке очень плохо.

— Я не отпущу! — обещает та, кто держит меня в руках.

Я очень хочу ее попросить, однако язык почти не шевелится. А она прижимает меня к себе, как только Хи-аш делала, прижимает и, кажется, вылизывает. Наверное, это ответ, а я не очень понимаю какой. Почему-то еще и думать очень сложно, ведь меня впервые за долгое время согревают и нет ощущения лапы, вонзающей когти. Но вот в этот самый момент все вокруг меркнет, и кажется, что какая-то большая лапа хватает меня за шкирку. Уверенно, но совсем не грубо, отчего мне в комочек свернуться хочется. Ощущение, как будто я очень маленькая, а меня куда-то несет Хи-аш, но ведь такого быть не может, Хи-аш-то умерла. Ой, а вдруг она меня после смерти увидела и решила забрать туда, где холодно уже не будет? Ну могут же быть на свете чудеса? Очень хочется, чтобы случилось чудо...

Голоса появляются как-то вдруг, и ощущение держащих меня рук исчезает. Это обидно просто до слез, но я понимаю, что хорошее не может быть долгим. Мне просто опять не дали умереть, забрав прямо из рук кого-то очень доброго и важного мне. Она меня вылизывала! Значит, я ей нужна была? И...

— Просыпается напугавшая нас малышка, — звучит очень добрый, теплый голос, но... не тот. Это другой голос, и я плачу. — Что такое?

— Испугалась, наверное, — произносит кто-то другой, а я не хочу открывать глаза. — Надо ей маму и папу, нам же сказали... — голоса отдаляются, оставляя меня одну.

Я так хочу к той... я даже не знаю, кто это, но она держала меня и обещала не отпускать, а взамен... Меня просто забрали у нее, потому что никто не спрашивает. Сейчас меня отдадут кому-то другому, наверное. Или же просто выкинут, потому что я... неправильная. Да, на мою Хи-аш не смотрели самцы, но она любила меня, ведь я такая же, как она — неправильная.

— Здравствуй, маленькая, — со знакомыми интонациями говорит какая-то самка, и я решаюсь открыть глаза.

На меня смотрит самка без ушей. Она ласково разглядывает меня, а потом вдруг берет в руки, но я понимаю: не те руки, неправильные. Наверное, я заслуживаю этого, ведь я напугала кого-то, так голоса сказали. Самка держит меня в руках бережно, но не вылизывает, как будто чувствует, что меня уже другая вылизала — та, у которой меня отняли.

— Здравствуй, моя хорошая, — опять говорит эта самка. — Хочешь быть моей доченькой?

— А что это такое? — хрипло спрашиваю я.

— Если ты примешь меня мамой, то будешь для меня дочкой, — совершенно непонятно объясняет она. — А еще у тебя папа будет, хочешь?

— Папа? — удивляюсь я.

Тот теплый безухий говорил о папе, но я, кажется, не знаю, что это такое. Наверное, что-то важное, но раз меня все равно не спрашивают, то я киваю просто. Какая разница... Не соглашусь сейчас и буду опять одна, никому не нужная. А вдруг я буду нужна этой самке? Надо хотя бы попробовать, раз я опять живая, потому что вылизывали меня, получается, когда я неживая была...

— Папа, — кивает она. — Ты хочешь остаться со своим именем или...

— А можно иначе? — это меня удивляет еще сильнее. Потому что имя — это как семья, как порода, оно навсегда.

— Можно, — гладит меня промеж ушек та, что хочет быть моей... мамой. — Ты можешь зваться Ксия, хочешь?

— Ксия... — пробую я это имя на вкус. Звучит

приятно, и еще на мое похоже. — Мне нравится, — отвечаю я.

— Тогда маленькую Ксию сейчас оденем и, если доктора разрешат, домой заберем, — ласково произносит она, а я...

Я очень хочу поверить в эту доброту, в ласку хочу поверить, но не могу просто. Мне кажется, для нее это только игра, потому что нельзя же сразу взять и полюбить такую, как я. Я в этом почти уверена, хотя стараюсь так не думать. Самка, которая хочет быть мне мамой, тем временем куда-то отправляется со мною в руках. Я осознаю, что сбежать нельзя — поймают, и не понимаю, откуда вообще взялась мысль о побеге. Наверное, я просто не знаю, что мне сделать, чтобы не остаться одной. Я так устала быть на самом деле ненужной и чужой, что готова поверить, пусть даже меня и из жалости берут.

Задумавшись об этом, я понимаю, что вполне могут брать именно из жалости, потому что я неправильная. Так сразу в груди больно делается, и та самка, к которой меня подносят, хмурится. Она объясняет моей «маме», что у меня что-то с сердцем непонятное, поэтому меня нужно положить на место, но я вцепляюсь передними и задними руками и зубами еще, чтобы не оставляли.

Не хочу, чтобы одну оставляли! Не надо! Ну... ну пожалуйста...

— Стоп, — говорит та самка, которая доктор. — Так еще хуже. Вот что, Валя, забирай ребенка домой, попробуйте с Ли ее отогреть, вдруг получится.

— Значит, не все так, как нам рассказали, — произносит «мама», опять погладив меня промеж ушек. — И сказка может быть сложнее.

— Вполне. Они же дети все, откуда им о таких травмах знать, — вздыхает докторша. — Да и нам тоже, не всем же Винокуровыми быть.

Они отчего-то смеются, только не очень весело, а затем меня опять несут. Я понимаю, что меня решили не бросать сейчас, но что им мешает сделать это потом? Ведь в то, что чужих детей не бывает, я уже не верю — из-за неправильной Хиаш. Значит, буду стараться понравиться, потому что одной очень холодно. Вот если бы сразу умереть и оказаться в тех руках, но у меня не выйдет, наверное, потому что второй же раз не разрешают...

Я зажмуриваюсь, чтобы представить, что меня несет не «мама», а та, другая, которая меня полизала в необыкновенном месте. Мне так это нужно, оказывается, просто невозможно объяснить как. А почему мне нужно, чтобы меня вылизали? Я не знаю ответа на этот вопрос. Поэтому только представляю, что это она меня вылизала, и теперь будет... любить. Очень сильно стараюсь представить, так сильно, что, кажется, даже дрожу.

— Здравствуй, малышка, — слышу я самцовый голос. Он ласково говорит, но как-то непривычно, поэтому я только один глаз открываю: надо же посмотреть.

— Осторожно, Ли, она дрожит, — произносит «мама». — Что-то с ней странное, поэтому будем очень медленно и ласково, хорошо?

Они как будто боятся меня, а я — только того, что одна останусь и замерзну. Я не хочу оставаться одной, потому что не дадут же уйти к той, что меня вылизала, потому что я неправильная, наверное. Вот была бы правильной, тогда бы просто позволили в марево уйти, и все. Вероятно, Хи-аш умерла потому, что я неправильная? Могло ли так быть?

Пока меня несут куда-то, я задумываюсь. А вдруг я, как в старых сказках, проклятая — и приношу только горе? Ну раз есть Старшие Братья из сказок, то может быть и Проклятая Уродина? Тогда если я это она, то Хи-аш вполне могла умереть потому, что я существую. Но почему меня тогда не утопят подо льдом, как в древних сказках, а несут куда-то? Мучить они точно не будут... Ой, наверное, они хотят, чтобы проклятье с меня само снялось!

Я буду очень-очень послушной, мечтая попасть к той, что меня вылизала, потому что я теперь навсегда ее. Только она после смерти, наверное, может быть и только у хороших девочек. Значит, я постараюсь стать очень-очень хорошей, чтобы потом попасть к ней. И тогда все выйдет замечательно, ведь не просто же так она меня вылизала? Буду очень-очень стараться, только нужно узнать, как хорошие девочки себя правильно вести должны, и делать именно так...

Дракония. Пятое лучезара

Валентина

Котят нашли совсем недавно. Когда мы все смотрели трансляцию, то их было просто жалко — ведь дети же. Дети, которые вынуждены выживать. Но дети для нас превыше всего, поэтому их и принялись разбирать по семьям. Вот только не везде было гладко, конечно. Дети — они разные, а здесь фактически сироты. К кому-то потянулись сразу, кому-то пришлось подбирать родителей, ибо принять котята могли далеко не всех.

На самом деле Ксии тоже стоило родителей именно подбирать, но тут вдруг оказалось, что выхода нет — если котенка не согреть немедленно, она не выживет. История у малышки занмательная: ее Старшая погибла раньше времени. Ожидаемая продолжительность жизни должна быть больше, но произошел несчастный случай, и... малышка почувствовала смерть Старшей и чуть не погибла сама. Затем ее отдали другой девушке, только и там прошло не все гладко — не возникло привязанности, отчего малышка опять чуть не отправилась на встречу с предками. Как будто этого было мало, малышка не хочет жить.

— Валя, у нас котенок сложный, — сообщает мне подруга, хорошо знающая, что я не откажу, несмотря на довольно трудную работу в Дальней Разведке.

— Что случилось, Таня? — интересуюсь я.

— Она жить не хочет, настоящее дитя войны, — отвечает мне давняя подруга, хорошо знающая, чему именно нас учили.

Сам Винокуров учил нас Истории, особенно специфическим ее разделам, поэтому я понимаю, о чем говорит Танечка. Малышка может вообще никого не принять, но нам хотя бы объясняли и показывали, что значит «потерять всех». Записи мнемографа, ситуационные тренировки, рассказы старших Винокуровых — все это было, подарив понимание, и если ребенок именно «как дитя войны», то ее никто не поймет, отчего малышке будет просто некомфортно. А из учеников Винокурова я поблизости одна, поэтому, кроме меня, некому.

И вот я смотрю на нее маленькую, в капсуле лежащую. Протокол говорит о развитии тела на четыре года, проведенной иммунизации и нестабильном сердце. Причем на данном этапе медицина бессильна. Что же, бывает и так, все-таки мы не кудесники из сказок, потому может оказаться бессильной и наша медицина, особенно если котенок сам себе плохо делает. Значит, надо постараться отогреть.

Взяв ее на руки, отмечаю, что сначала малышка ко мне потянулась, а потом будто опала. Значить это может многое — и точно не самое хорошее, но... Как узнать, что именно? Мнемограф в таком возрасте запрещен, да и состояние у нее будто жить не хочет. Может ли малышка не хотеть жить? Очень даже, на самом деле.

Как говорил на лекциях товарищ Винокуров, у таких детей обязательно есть триггер, от которого они сразу же начинают воспринимать категорию взрослых «своими». Вот как нащупать этот триггер у Ксии? Малышка смену имени приняла легко, хотя у них имен как таковых и нет, об этом в трансляции говорилось. Но, к сожалению, смена имени не помогла — такое ощущение, что она конкретно меня не приняла... Может быть, время нужно? Да, скорей всего, именно так — нужно время.

— Ксия, расскажи, пожалуйста, что тебе нравится, а что нет? — пытаюсь я расспросить вцепившегося в меня котенка, неся ее к шлюзу, где рейсовый ждет.

— Когда холодно, не нравится, — тихо отвечает она мне и замолкает.

А я чувствую, что ей плохо и, наверное, страшно, хотя даров у меня и нет. Она чего-то боится, а плохо ей, видимо, оттого, что не может принять мир, в котором нет ее Старшей. Тогда неправильно говорить, что я мама... Или правильно? Не знаю, честно говоря, надо будет со специалистами связаться. Маленькая моя, как же тебе помочь?

Она прячет лицо в моей одежде, при этом ушки ее только чуть-чуть возвышаются над головой. Выходит, боится? Вот и Ли. Муж, шедший дотоле мне навстречу, очень ласково смотрит на Ксию, улыбаясь, но не показывая зубы.

— Здравствуй, малышка, — говорит он, но тут я чувствую дрожь ребенка. Что случилось?

Муж, я вижу, тоже не понимает, что происходит, уж очень необычно себя ребенок ведет. Но, наверное, ей просто нужно время, чтобы принять действительность. Поэтому мы сейчас очень быстро отправимся домой, а там малышка в себя придет. У меня-то доселе детей не было, как-то не получилось. Сначала я ответственности боялась, потом работа закрутила, вот и не сложилось, но Ксию я постараюсь отогреть...

Увидев ребенка в моих руках, стюардесса-помощник улыбается, указывая мне на отдельную каюту. Хоть лететь сравнительно недолго, но, видимо, есть какая-то инструкция по поводу котят, либо же девушка заметила страх ребенка. Благодарно кивнув, я поворачиваю направо, чтобы сразу же войти в маленькую каюту — кровать, диван, два кресла.

— Тебе сейчас холодно? — интересуюсь я у нее.

— Нет... — едва слышно произносит Ксия, но дрожит по-прежнему.

Я пытаюсь ее уложить в кровать, что мне не удается — вцепляется в меня намертво, отчего я не понимаю, что происходит. Если бы она не хотела со мной расставаться, то в моих руках должна была успокоиться, но этого не происходит. В чем же дело тогда? Почему она так себя ведет? И что, главное, делать мне?

— Не нервничай, любимая, — просит меня Ли, отлично понимая, что я просто растеряна. — Расскажи мне о нашей малышке.

— Это котенок, Ксия зовут, — объясняю я мужу, пытаясь привести внутренние ощущения в порядок.

— Она потеряла свою Старшую, отчего едва не погибла, и после... за последний месяц у нее трижды останавливалось сердце. В госпитале вцепилась в меня, но дрожит.

— Малышке нужно немного стабильности, — мягко произносит муж, погладив малышку промеж ушек, отчего та отчетливо вздрагивает всем телом. — Отдохнуть в тепле, чтобы не было холодно, поесть вкусного, на природе побывать, а там посмотрим.

— Думаешь, она просто устала? — по-моему, я даже немного жалобно говорю.

— Вот домой доберемся, — не отвечая мне, продолжает ласково говорить с котенком Ли, — отдохнем, в безопасности убедимся, а там посмотрим.

Ему, наверное, виднее, малышка на всю речь не реагирует никак, поэтому я предполагаю, что муж прав. Значит, сейчас мы летим на Драконию, где маленькая сможет в себя прийти. Вот кажется мне отчего-то, что нас она не принимает, но при этом цепляется за меня, как за последнюю надежду. Надо будет позвонить Марье Сергеевне Винокуровой, она телепат, может быть, сможет помочь?

Вскоре уже посеревший экран обретает цвета, показывая систему Драконии и нашу синюю планету с красивыми транспортными коридорами, орбитальным заводом и выделяющимися яркими кругами воздушными садами. Я очень люблю нашу планету, надеясь сейчас только, что и малышке здесь понравится.

Ксия

Я все не могу успокоиться, а меня в это время куда-то несут, расспрашивают, но при этом я не знаю, как правильно ответить, поэтому боюсь сказать неправильно. Мне почему-то кажется, что «мама» готова меня выбросить. Наверное, все дело в том, что она меня не вылизала? Или...

Я не чувствую ее сейчас мамой, просто совсем. И Хи-аш не чувствую, отчего мне совсем грустно — ведь выходит, меня ей отдали, но при этом я все равно ничья. Я не знаю, как такое возможно, даже в школе об этом не говорили, но у меня получается именно так, потому что я неправильная, наверное. Тем не менее, я все равно стараюсь ей понравиться, только урчать у меня никак не выходит. Наверное, я просто не умею урчать, потому что Хи-аш не научила.

Меня приносят куда-то, это место «мама» называет «дом». В нем неожиданно тепло, а потом мне говорят, что мы сейчас будем есть. Наверное, мне придется сидеть на неудобном стуле и ходить на задних руках. Мне этого не очень хочется, да и неудобно, на самом деле, хотя если от этого зависит, не выкинут ли, тогда я буду, конечно. Почему я так боюсь того, что выкинут?

Я не верю в то, что «дети превыше всего» — это ведь не только слова, а еще мне та неправильная Хи-аш доказала, что дети еще как бывают чужими, вот поэтому я и не могу поверить. Да и новая «мама» очень ласкова ко мне, но любит ли она меня? Я знаю, что когда свой котенок, то любят обязательно, а вот она меня — да? Или нет? Я не знаю...

— Ксия, ты хочешь поесть за столом или лежа? — спрашивает меня новая «мама», выдергивая из мыслей.

— А разве можно лежа? — удивляюсь я, морально готовясь к тому, что нужно будет на задних руках ходить.

— Можно, — растягивает она губы. Это называется «улыбаться». — Даже, как очень маленькой, поесть можно.

Вот это меня очень сильно удивляет, потому что понять, о чем она говорит, я не могу. Что значит, «как очень маленькой»? В чем разница? Я спрашиваю об этом и очень скоро получаю свой ответ, только лучше, наверное, я встала бы на задние руки. Она кормит очень страшно, приказывая открыть рот и засовывая еду прямо туда, отчего я с трудом давлю рефлекс выплюнуть все. Мне от этого кормления настолько страшно, что я даже вкуса еды не чувствую, а она будто издевается — хвалит меня за то, что я хорошо кушаю. Может быть, она и правда издевается, чтобы я выплюнула, а за это потом будет больно делать?

Получается, меня опять обманули, просто спрятавшись за словами. А тогда выходит, что ласковость «мамы» не значит ничего. Она же вроде бы хочет сделать мне хорошо, я чувствую, но при этом пугает... Я не понимаю, почему так и что теперь делать. Она ведь тоже держала меня на передних руках и к себе прижимала, почему же тогда это чувствуется совсем не так, как у той самки, которая после смерти была? Мне даже спросить некого!

— Теперь Ксия отдохнет немного, а потом, если захочет, экран посмотрит, — мягко говорит «мама» и гладит промеж ушек, а я с трудом держусь, чтобы не спрятаться, потому что как удар это ощущается, а не как ласка.

А еще она меня не спрашивает, а информирует только, как та, неправильная Хи-аш, и хотя говорит ласково, но я ей не верю. Не знаю, почему, но не верю, и все. Очень хочется убежать, а надо быть послушной, потому что убежать некуда, а одна я замерзну. Или от голода умру, потому что маленькая я еще, даже слишком, и работать не могу. А чтобы было что кушать, надо работать, я это точно знаю.

Я должна быть послушной, потому закрываю глаза. Наверное, все дело в том вирусе, который унес наших Старших. И если бы они были, то мою Хи-аш починили бы. И меня бы... любили? Меня бы точно любили, хоть я и не знаю, что это такое, но мне очень хочется узнать. Интересно, откуда взялся этот вирус?

Я очень хочу узнать, откуда он взялся, за что упал на нас, заставив выживать, ведь это из-за него умерла Хи-аш. Я думаю только об этом, изо всех сил желая понять, и мне кажется, что-то отзывается на это мое желание. Я проваливаюсь в сон, все еще очень желая дознаться, кто наслал эту напасть, которая лишила нас всего. Мне еще хочется спросить, как у той Хи-аш с экрана так вышло, что у нее есть мама. Потому что я тоже хочу, но мне пока, наверное, нельзя.

И вот появляются звездочки... Я будто лечу среди них, но марева не вижу, что-то вокруг меняется, и я не очень понимаю, что именно меняется, потому что мне же нужно узнать... Вокруг какие-то искорки носятся, но они не звездочки, и вдруг становится очень больно. Как будто с меня шкурку снимают, так больно становится. Вокруг все темнеет, но именно холодно не становится, а как будто...

Мне кажется, я чувствую рядом кого-то, и он прижат ко мне. Этот кто-то тихо хрипит, но ничего не говорит, а я от объявшего меня ужаса даже пошевелиться не могу. Прислушиваюсь, и до меня доносятся какие-то шепотки, поскуливание, а еще уговоры себя тише вести. Что-то совсем страшное вокруг, намного страшнее «мамы», поэтому я очень хочу обратно, но у меня не получается ничего.

Внезапно становится очень светло, как будто сотня ярких огней загораются одновременно, отчего я зажмуриваюсь. Я еще успеваю услышать чей-то страшный крик, потом кто-то рычит, и... не помню. Мне кажется, я умираю, хотя это умирание на прошлое совсем не похоже. Что происходит вокруг и где я оказываюсь, мне совсем непонятно... Сейчас я изо всех сил хочу проснуться, открыть глаза, только отчего-то не могу этого сделать.

— Контрольная группа жива, — громко сообщает чей-то голос, который я понимаю, но при этом осознаю: он не на нашем языке говорит, а на другом каком-то. Почему тогда я его понимаю? — Подопытные дохнут медленно, это неправильно.

— А почему бы не уничтожать тех, кто во второй? — непонятно произносит кто-то другой.

— Народятся снова, как блохи, так сказали боги,

— это первый, у него голос грубее, и ему все равно. Он говорит таким голосом, как будто все равно ему.
— Боги покинули нас, но мы исполним наше предназначение. Носители проклятья будут уничтожены!

Этот разговор я не понимаю, но запоминаю, потому что потом спрошу у кого-нибудь. О том, что у меня может не быть никакого «потом», стараюсь не думать. Я точно знаю, что мне очень нужно проснуться, потому что я же в кровати сплю, а совсем рядом «мама», она... А вдруг, когда я заснула, она отдала меня сюда? Ну, выкинула... Она же меня не любит, значит, могла? Не хочу...

Минсяо. Пятое лучезара

Валентина

Малышка резко бледнеет во сне, что я сразу не замечаю, разговаривая с Ли. Муж объясняет мне, что для Ксии очень многое изменилось, поэтому она может и не принять нас сразу. Нужно было подождать, понаблюдать за ребенком, ведь может статься, что именно мы ей не подходим в качестве родителей. Он прав, и это понимание заставляет меня плакать. Наверное, я просто плохая мать... И вот в этот самый момент звучит тревожный сигнал от кровати малышки.

Она не просыпается, дышит едва-едва, что меня сильно пугает, а затем к нам уже прилетает экстренная служба, вызванная мозгом дома. Врачи сосредоточены, они быстро обследуют Ксию, но понять, что с ней, не могут. Я замечаю, что они просто не видят, что с ней происходит, а я... Я думаю, что это из-за меня.

— Везем, — решает один из врачей.

Малышку перекладывают в капсулу, меня забирают с собой, а Ли своим ходом доберется. Мы летим в больницу, но в дороге приходит сигнал с изменением маршрута. Это означает: разум больницы оценил данные, передаваемые ему капсулой ребенка, и перенаправил нас в другое место.

— Мы идем на орбиту, — объясняет мне врач экстренной медицинской службы. — У нашей больницы нет ни знаний, ни опыта работы с котятами.

— А на орбите есть? — удивляюсь я, потому что орбитальный госпиталь, по-моему, один — на Минсяо.

— На орбите сейчас будет «Панакея», — вздыхает доктор, с тревогой глядя на котенка, укрытого прозрачным верхом капсулы. — Потому что опасность для жизни ребенка.

Я замираю в ужасе, ведь страшнее слов нет и быть не может. Самые ужасные слова для любого разумного, означающие действительно большую беду. Поэтому «Панакея», космический госпиталь, на орбите вполне объясняется. Но еще... Ксия умереть может! Это я виновата в том, что с ней случилось! Я! Мне не место среди разумных вообще! Из-за меня ребенок...

— Просыпаемся, — слышу я незнакомый голос. — Еще раз себя до такого накрутишь, будет плохо.

Я открываю глаза, обнаружив, что нахожусь совсем не там, где мгновение назад. Светло-зеленая палата говорит о больнице. Но Ксии рядом нет. Где же она? Где? Она должна быть здесь... Неужели... Догадка пронзает меня разрядом плазмы, я даже вдохнуть не могу, и все вокруг гаснет. Становится холодно, мне кажется, что рук и ног у меня просто нет, но я об этом не думаю, ведь если Ксия погибла, зачем жить мне?

— Накрутила она себя, Татьяна Сергевна, — произносит все тот же голос. — Накрутила, представила, что ребенок погиб, ну и вот.

— Понятно, — вздыхает кто-то. — Мнемографировали?

— Так точно, вот запись, — а потом, видимо, поворачивается ко мне. — Не умирать! — жестко звучит приказ. — Жива твоя дочь.

Звезды великие, жива моя Ксия. Пусть она меня не принимает, но жива моя малышка. Моя самая-самая... И вот только подумав так, я понимаю, какую страшную ошибку совершила, не показав ей свою любовь. Наверное, в тот момент я сама не понимала этого? Пусть она меня не принимает, пусть, мы найдем того, кто будет именно ее папой и мамой, лишь бы жила. Лишь бы дышала, маленькая моя.

— Глаза открой, — просит меня названная Татьяной Сергеевной женщина. — Ты уже поняла свою ошибку, я же вижу.

Я послушно открываю глаза, сразу же опустив взгляд, потому что мне очень стыдно. Я не поняла сама, как Ксия стала такой родной, однако, не показав ей этого, я сделала огромную ошибку. И что теперь будет, просто не представляю. А Татьяна Сергеевна вдруг оказывается Винокуровой, и я готова уже молить ее спасти доченьку, но пошевелиться не могу.

— Конечностей не чувствует, — кивает Винокурова. — Испугалась сильно, потому передай там — идем на Минсяо, с ребенком очень непонятно.

Меня везут в госпиталь, но мне это неважно, мне бы Ксию еще хоть раз увидеть, ушки ее погладить. Если бы я умела — вылизала бы мою малышку, но я просто не умею. Нужно попросить Винокуровых, может быть, они могут меня изменить так, чтобы я могла вылизать маленькую мою? Вдруг ей нужно именно это?

Я не знаю, что мне думать, а все мысли у меня об маленькой Ксии. Как я могла не показать ей, насколько она важна? Ну как? Почему я вспомнила об этом только когда стало поздно? Я не знаю ответа на этот вопрос, но надеюсь изо всех сил, что она выживет.

— Что с Ксией? — спрашиваю я врача, готовящего меня к какой-то процедуре.

— Она в коме, — вздыхает он. — При этом совершенно непонятно, что ее вызвало и почему она проявляется именно так. Через час мы прибудем на Минсяо, готовьтесь.

— К чему? — удивляюсь я, думая, впрочем, что, скорее всего, отругают.

— Восстановим сильно напугавшуюся девочку, — улыбается он, выходя затем из палаты.

Минсяо — центральный госпиталь Флота, я по долгу службы это знаю. Там самые лучшие врачи, самая современная техника, они точно найдут, как помочь моей малышке. Почему, ну почему я не рассказала ей, какая она важная? Что мне мешало показать ей, что ее любят? Ведь я это не сделала, а теперь моя малышка на самой тонкой грани застыла, и кто знает, выживет ли она...

Мне жутко страшно за Ксию, ведь кома у детей — штука почти невозможная, и я не могу понять, что именно произошло. Неужели я задела какой-то триггер, от которого она... Пусть это будет неправдой, пожалуйста! Мы обязательно найдем того, кого примет моя маленькая! Обязательно! Я все-все сделаю ради того, чтобы она жила!

Надо спросить, вдруг у котят какие-то особенности, о которых я не подумала? Среди Винокуровых есть и кошки, они обязательно помогут мне, ведь они разумные! В отличие от меня, совсем не показавшей свой разум...

— А вот тут у нас Валентина, Мария Сергеевна, — в палату снова заходит мой врач. — У нее конечности отказали, да еще и состояние перманентной истерики. Винит себя в состоянии ребенка.

— Ну, может, и по делу винит, — приговором звучат слова той, кого знает вся Галактика. — Но одумалась и стала хорошей девочкой. Сейчас мы ее посмотрим, потому что ребенка посмотреть не вышло.

Я раскрываю глаза, изо всех сил подаваясь ей навстречу. Потому что Мария — самый сильный телепат Человечества, она точно может понять, что случилось. Я верю в это, поэтому гляжу на нее с мольбой, а она тяжело вздыхает, присев на стул рядом с кроватью. Винокурова, глава группы Контакта, смотрит на меня ласково, как смотрела мама, когда была жива.

— Вот видишь, Александр, — еще раз вздыхает она. — Девочка потеряла родителей довольно рано и пережить этого не смогла. Куда смотрели твои коллеги, а?

— Они с котенком похожи, выходит, — понимает доктор.

Мы с Ксией действительно чем-то похожи, потому что я до сих пор тоскую по маминым рукам. Так бывает, когда неожиданная авария, но пережить это было сложно. Если бы не Ли, я и не смогла бы, наверное. Но у Ксии не было Ли, у нее никого не было, а ее Старшая погибла вот только что... Что же я наделала?

Ксия

Я по-прежнему ничего не вижу, только слышу тихий голос. Это говорит такая же девочка, как и я, она при этом уговаривает малыша не плакать, потому что, если плакать, придет какой-то «ужас» и будет очень больно. Мне и так очень больно, но я сижу тихо-тихо и слушаю ее. Она говорит о том, что такое «мама», и я понимаю...

— Мама может нарычать и укусить, только ты все равно для нее самый-самый, — говорит эта девочка. — Она не всегда может показать, но самое главное...

И я понимаю, что очень виновата перед «мамой», просто плохо о ней подумав. Ведь она держала меня в руках, а не за шкирку, как неправильная Хи-аш, говорила ласково и накормить хотела, пусть и больно делала, но ведь она хотела сделать хорошо, как и рассказывает эта девочка. Если бы я могла все исправить...

В том месте, где я нахожусь, очень страшно, а еще я знаю, что мы все умрем. Мне неведомо, откуда я это знаю, но осознаю очень хорошо, а еще я слушаю разговоры. Вот эта успокаивающая малыша девочка — она, наверное, многое понимает, поэтому я слушаю, что она говорит. Не знаю, как это место связано с вирусом, но мне нужно все запомнить, наверное.

Почему-то очень сильно и постоянно хочется есть, но я тихо сижу, потому что подслушиваю. И вот та девочка говорит о еде тоже. Здесь кормят мало, вот если дают только квадратный корм, то можно есть, а когда теплую сладкую жижу, то от нее можно умереть, потому что она отравлена. Она не знает, кто нас здесь держит, и говорит о какой-то тюрьме, в которой мы все должны жить и умереть. А когда умрем, то сразу окажемся в маминых руках. Для нее это первый признак — на руки возьмут. И я молчу о том, что думала совсем недавно.

— А что это за тюрьма? — спрашиваю я.

Однако девочка будто меня не видит, да и не

слышит, хотя начинает рассказывать о том, где мы находимся и что здесь делаем. Мне это странно, потому что она меня точно не услышала, но на вопрос отвечает. А еще очень хочется плакать и к «маме». Очень-очень! Я чувствую себя очень плохой...

— Жрать! — рявкает чей-то голос, самцовый, кажется. Мне становится страшно, и тут на пол падают странные квадратики серого цвета.

Оказывается, их едят, но нужно держать во рту, а то недолго и зубы сломать, такие они твердые. Та девочка говорит малышу, что сейчас сделает камни едой и можно будет поесть, потому что сегодня нас решили не травить. Это очень загадочно, и непонятно, на самом деле, ведь она ждала, что отравят, но почему-то не стали. А еще у меня такое чувство... как будто рядом смерть, но я не понимаю этого.

— Завтра мы... — слышу я отголосок страшного голоса, но сколько ни вслушиваюсь, больше ничего понять не могу.

Вместо этого я вдруг снова оказываюсь среди звезд. Мне очень хочется домой, но я не знаю, где он. Где моя мама? Как найти ее? Зачем я так плохо о ней думала? Я лечу вперед, а вокруг нет ничего, только звезды. Наверное, я наказана за то, что так плохо подумала о той, что держала меня в передних руках. Та девочка... Она мне рассказала, какая я глупая, но сейчас уже ничего не изменить. Я очень хорошо понимаю это, когда вижу вдруг знакомое марево. И я, конечно же, сильно хочу попасть туда, чтобы еще раз ощутить тепло рук.

— Малышка! — слышу я чей-то голос, снова оказавшись в тумане, но зато чувствую руки неизвестной самки, отчего начинаю плакать. — Что с тобой, маленькая? Что случилось? Учитель! Учитель!

— Постарайся визуализировать ребенка, — справа, по-моему, доносится спокойный самцовый голос.

— Не получается, учитель! — в голосе той, что держит меня, я слышу отчаяние.

— Спокойнее, Марфуша, не нервничай, — успокаивает ее все тот же голос. — Попробуй представить детей разных рас.

— Ой, — слышу я, и в следующее мгновение туман исчезает, но я это почти не воспринимаю, потому что плачу. — Котенок...

— Котенок, — соглашается голос рядом со мной. — Сейчас котенок успокоится и все расскажет.

Та, которую так ласково назвали, качает меня в руках, давая выплакаться. Вокруг я вижу только неясные тени, но не могу никак успокоиться, чтобы всех рассмотреть, потому что выходит же, что я очень плохая девочка, и как только Марфуша это узнает, сразу же прогонит. От этих мыслей плачется только горше.

— Может быть, ее вылизать надо? — интересуется самец.

— Нельзя, учитель, — вздыхает она. — Если я ее вылижу, она моей станет, а у нее же, наверное, есть мама и папа.

— Наверное, уже нет, — проплакиваю я.

И вот тут меня начинают расспрашивать, а я рассказываю сквозь слезы. И о том, как не стало Хи-аш, и о том, как была та, неправильная... Но тут меня останавливают, и Марфуша расспрашивает о том, что значит «неправильная». Я послушно рассказываю, все-все. И как умирала, и как оказалась в странном месте, кажется, в больнице.

— Для юной Хи-аш слова о том, что чужих детей не бывает, оказались просто словами, — объясняет Марфуша своему учителю. — Теперь малышка просто не верит.

— Чем-то мне это знакомо, — негромко произносит он. — Котят же вроде твои родичи нашли?

— Ой, точно... Надо будет рассказать! — восклицает она.

Но я все равно рассказываю дальше: о «маме», оказавшейся действительно мамой, а я непонятно почему вцепилась в вылизывание, совсем не понимая, что мама — она в другом. И я говорю о том, что очень плохой девочкой себя показала, объясняя, почему так думаю, а Марфуша внимательно меня слушает. При этом я и сама не замечаю, что прекращаю плакать.

— Понятно все, — вздыхает учитель, оказывающийся высоким безухим с добрыми глазами. Он почему-то ласково смотрит на меня и вздыхает, но я же плохая!

— Я плохая девочка, — объясняю я Марфуше. — А теперь еще и умерла.

— Ты не умерла, — отвечает она мне. — Ты пробилась в Академию во сне, что бывает, но не у таких маленьких котят. Давай ты мне расскажешь о той, что себя мамой назвала, а мы будем думать?

— Только не выкидывай, а то я замерзну, — жалобно прошу я ее, и Марфуша обещает не выкидывать. Тогда я вздыхаю и начинаю снова рассказывать, еще подробнее.

Она меня часто прерывает, прося объяснить мои слова, ну вот, например, о вылизывании, а потом и о выкидывании. Я послушная же, хоть и очень плохая, поэтому стараюсь все-все рассказать. А учитель почему-то только головой качает. А еще я Марфушу хочу попросить... Ну, может быть, если сделать больно, то меня простят и можно будет все вернуть? Раз я все равно пока не умерла...

Минсяо. Шестое лучезара

Валентина

Я НЕ НАХОЖУ СЕБЕ МЕСТА, И ДАЖЕ ЛИ НЕ МОЖЕТ НИЧЕГО с этим сделать, поэтому нас с ним укладывают спать под успокоительными. Заснуть иначе совершенно не выходит, и спится не очень хорошо. Я, наверное, совсем плохая девочка, всех нервничать заставляю. Но будит меня не будильник, хотя откуда здесь взяться будильнику? Меня будят ласковые женские руки, как будто мама вернулась. От этой почти забытой, но такой желанной ласки, я... плачу. Сдерживаясь изо всех сил, однако слезы-предательницы жгут глаза.

— Просыпайся, доченька, — слышу я полный ласки голос, хоть он на мамин совсем не похож, только... это мамин голос. Так может говорить только мама, так гладить, так обнимать...

Я распахиваю глаза, чтобы мгновенно узнать гладящую меня женщину. Это Виктория Винокурова, как и все Винокуровы, хорошо известная всему Человечеству. Но сейчас она смотрит на меня с любовью и лаской, а мне вдруг очень хочется назвать ее мамой. Оказывается, все это время мне было так плохо без этих рук, хотя я пережила же гибель родителей — почему тогда так?

— Потому что тебе все равно нужна мама, — ой, я кажется, вслух спросила. А она отвечает мне, немного грустно улыбаясь. — Нам всем нужна мама, а ты все равно ребенок, хоть и взрослая уже.

Я за эти дни, кажется, плакала больше, чем за последние четыре года. Я смотрю на Викторию, с трудом удерживаясь от того, чтобы назвать так, как мне хочется, и всхлипываю, просто не в силах сдержать свои эмоции. Я понимаю, что это временно, пройдет несколько минут — и все исчезнет, но мне ужасно хочется, чтобы так осталось навсегда. До боли, до крика, до воя... Сейчас я себя ощущаю маленькой, поэтому вопрос прорывается будто сам собой.

— Ты теперь будешь моей мамой? — тихо спрашиваю я, стараясь задавить надежду.

— Я буду твоей мамой, хорошая моя, — слышу я

в ответ и вот теперь уже не могу сдержаться. Просто не в силах, потому что оказывается, я ничуть не взрослая.

Она присаживается рядом со мной, рассказывая о том, что все плохое закончилось, малышка проснется и будет все хорошо. А я... со мной что-то происходит, что-то непонятное, я будто бы вбираю в себя ее образ, осознавая — она моя мама. Отныне навсегда, потому что иначе я просто не смогу жить. Мне не будет места на Драконии и в Пространстве, если не будет моей мамы.

— Неожиданно, — слышу я голос Марии Сергеевны, но даже посмотреть не в силах, потому что меня мама обнимает. Мама!

— Ожидаемо, Маша, на самом деле, — улыбается мама, прижимая меня к себе и таким... родным жестом поглаживая по голове. — Малышка маму и папу потеряла, когда была формально взрослой, ответственной, да только этого мало. Нам в любом возрасте очень нужна мама, а она осталась одна. И хоть муж у нее прекрасный, но не заменит он...

— Я не о том, — хмыкает старшая Винокурова. — Я об импринтинге.

— Значит, будет доченька с мужем с мамой жить, — мягко улыбается мне новая мама. — Малышку же потому и не почувствовала сразу, да? Холодно тебе было, маленькая?

Обретение

Она меня читает просто, как раскрытую книгу, а я даже сказать ничего не могу, слов у меня нет совсем. Я сегодня обрела маму! А малышка? Что обрела она? Ведь я ей даже не показала, как она важна! Плохая я! Плохая!

— Ты хорошая девочка, — произносит Мария Сергеевна, присаживаясь возле кровати так, что я вижу ее глаза. — Просто неоткуда было тебе взять тепла, ведь внутри холодно было, да?

— А Ли, ведь он... — я пытаюсь объяснить, что без мужа вообще бы не выжила.

— А муж твой молодец, — улыбается она. — Таким сыном можно гордиться. Он все почувствовал и нас позвал, опасаясь того, что одна хорошая девочка себя до скелета обгрызет.

Ли? Их позвал Ли, чтобы... Чтобы я смогла согреться, чтобы... У меня просто слов нет, чтобы выразить то, что я сейчас чувствую, а Мария Сергеевна начинает мне объяснять, как маленькой. Мама и папа часто отсутствовали по работе, но я их все равно очень любила, и когда их не стало — мой мир рухнул. Я была очень взрослой, держалась изо всех сил, а потом... Вдруг стала потерянной малышкой в теле взрослого человека. А люди вокруг этого не понимали, ну, кроме Ли. Нужно было меня согреть, но об этом никто не подумал.

Поэтому я не смогла затопить котенка своим

теплом, и она это, конечно же, почувствовала, ведь мы с ней так похожи. Я с этим согласна, но это еще не все, оказывается. Для котят есть специальные щеточки, их наставник придумал, потому что малышкам вылизывание — не только чистота, это еще и принадлежность, ну и немного физиологии. Главное же — принадлежность. Вылизывать может только старшая, только та, кто берет на себя ответственность за котенка. Именно поэтому она меня не восприняла, а я от этих новостей опять плачу, потому что говорили же, а я прослушала.

Успокоить меня получается не сразу, при этом, поднявшись и одевшись, я стараюсь идти по коридору так, чтобы касаться мамы. Сначала я сама этого не замечаю, а затем она берет меня за руку, как маленькую, и мне вдруг становится очень хорошо на душе, очень тепло и спокойно, как давно уже не было.

— Да, импринтинг, — кивает мамочка Марии Сергеевне. — Значит, было настолько плохо, и это следует учесть. Трансляцию делать надо.

— Сделаем, — кивает та, а потом улыбается мне. — Меня можно звать тетя Маша, договорились, Валя?

— Да, — киваю я, при этом ощущения у меня совсем не взрослого человека.

Меня ведут завтракать, а там обнаруживается и

Ли. Он смотрит на меня чуть виновато, но я обнимаю его и благодарю от всей души, потому что он для меня чудо сотворил, а это очень важно. Он показал мне свою любовь и готовность ради меня пойти на все. Ну вот как его не любить? Вот и он от моих слов улыбаться начинает.

— Ли, а как с твоими так получилось? — интересуется тетя Маша.

— Мама считает, что Валя взрослая, вот и не трогала, — объясняет муж. — Хотя любимая тянулась, но насильно мил не будешь.

— Глупость какая, — вздыхает мамочка. — Вы для нас всегда дети, и вам даже в старости мамина ласка очень нужна.

Кажется, всхлип получился одновременный, потому что теперь в маминых руках мы вдвоем оказываемся. И я не понимаю, откуда это знает и умеет мама? Неужели сказки про Винокуровых правдивые, и они действительно волшебники из сказок? Ведь никому прежде не было до меня дела, ну, кроме Ли, а теперь вдруг откуда ни возьмись у меня мама... Вот бы еще малышка проснулась, я для нее все-все сделаю, только бы жила!

Ксия

Марфуша дает мне выговориться, поглаживая меня, а потом начинает рассказывать о том, какой бывает мама. Сразу объясняет, что не о своей маме говорит, а о бабушке. Бабушка совсем не знала, что котят надо вылизывать, но стала мамой для мамы Марфуши. И она рассказывает мне, что можно просто сказать, если что-то нужно, потому что людям это неоткуда знать.

— А сейчас я покажу тебе твою маму, — говорит она мне, почему-то вздохнув. — Смотри...

Я вижу больницу, кровать необычную, а в ней... я? Я рассматриваю себя, не замечая поначалу, что я там не одна. Мне кажется сначала, что нет никого, но затем я вижу... Мама просто лежит на прозрачном верхе кровати и плачет. Она плачет, зовет меня, обещает обязательно найти того, кого я смогу принять, и еще что-то говорит, совершенно мне непонятное. Я смотрю на это, раскрыв рот, просто от горя моей... мамы?

Тут к ней подходит еще одна женщина, обнимая, почти беря на руки, стараясь успокоить, — я вижу это, но мама не успокаивается, она тянет ко мне лежащей руки, отчего я плачу уже сама. Она меня любит! Любит! Как я могла этого не понять? Как?

Сейчас я очень хорошо вижу, потому что она же плачет, как будто я... как будто меня нет.

— Когда твоя мама была совсем юной, совсем недавно, — Марфуша вздыхает, — она потеряла своих родителей, они погибли. Она думала, что справится, твой папа ей помогал, но... Каждому из нас нужна мама, понимаешь?

— Мамочка... — шепчу я, потянувшись к этой женщине, которая плачет из-за меня.

Мне так хочется открыть глаза там, вылизать ее слезы, обнять с надеждой на то, что она меня простит. Я очень-очень надеюсь, хотя понимаю, что совсем не заслужила. Но, может быть, хотя бы ради нее мне позволят вернуться? Она же хорошая очень!

— А можно мне вернуться? — тихо спрашиваю я Марфушу. — Чтобы мама не плакала? Я буду очень-очень хорошей!

— Ох, котенок, — вздыхает она. — Давай пробовать тебя вернуть. Учитель, вы поможете нам?

— Как не помочь таким хорошим котятам, — улыбается внезапно оказавшийся рядом учитель. — Давайте пробовать.

Он объясняет мне, что я в коме. Из-за того, что я хотела убежать, я покинула свое тело, а вот вернуться теперь сложно — нужно очень сильно хотеть, а еще они меня будут подталкивать, потому что выходит, что я между мирами зависла. Что это значит, я совсем не понимаю, однако доверяю старшим, они ведь лучше знают.

— Можно попробовать перетащить тело сюда, — задумчиво произносит учитель, имени которого я не знаю.

— Из госпиталя, ага, — хихикает вдруг оказывающаяся рядом с ним женщина. — Здравствуй, малышка, — улыбается она мне. — Меня тетя Ира зовут.

— А меня Ксия… — тихо отвечаю я ей. — Меня так мама назвала!

— Мама — это важно, — улыбается мне тетя Ира. — Ты был прав, Сережа, дети друг друга не поняли, вот и вышло, что вышло. Валя напугалась жуть как!

— Маму ей нашли, — кивает учитель, которого, оказывается, Сережей зовут.

— Тетя Вика сама нашлась, а Валя, представляешь… — продолжает не очень понятно говорить тетя Ира. Ну она же не со мной говорит, вот и непонятно мне.

— Да, малышка, — хихикает та, что держит меня в руках. — Добро пожаловать в семью.

И вот тут оказывается, что у людей есть не только порода или семья, в которой все по порядку, а «семья», в которой отношения сложнее. Она объясняет мне, а я совсем ничего не понимаю, поэтому прошу не объяснять, потому что мне мама, наверное, все расскажет, ведь она у меня уже есть. Пусть я глупая и сразу не поняла, но она же есть, в точности как та неведомая девочка говорила, но об этом я почему-то не рассказываю. Ну о том, что я была в страшном месте. Я пытаюсь, но не могу, а потом меня гладить начинают, и я просто забываю обо всем.

Маму показывают мне на большом экране. Она там сидит рядом с кроватью, в которой я лежу, и говорит очень ласковые вещи, а потом приходит еще один дяденька и что-то ей дает. Кажется, она совсем не хочет уходить оттуда. И даже кушать отказывается, хотя ей предлагают. Я очень-очень хочу открыть глаза, чтобы мамочку увидеть, просто изо всех сил хочу, и мне кажется, что-то начинает получаться.

— Ее прививали? — интересуется учитель по имени Сережа.

— Прививали, — кивает ему тетя Ира. — Сердце у нее не очень хорошо себя ведет, поэтому, когда очнется, менять будут, уже и вырастили.

Я не слушаю их, хотя слышу, конечно, а просто очень хочу мамочку обнять, как хотела Марфушу, потому что думала, что она меня вылизала, а оказалось, что нет, поэтому я могу маминой быть. Я теперь навсегда мамина, потому что она меня... она вылизала, но иначе, не языком, а душой. Мне так кажется, что мама меня душой вылизала, и я ее теперь.

— А малышка как? — спрашивает Марфушу тетя Ира.

— А смотрите, — улыбается та и тянется меня вылизать, только я передними руками закрываюсь и не разрешаю.

— Что такое? — удивляется тетя Ира.

— У меня мама есть, — объясняю я ей. — Меня больше никому нельзя вылизывать, только маме!

— Полагаю, это ответ, — улыбается она. — Ну тогда давай еще разок все вместе попробуем...

Тут я вдруг оказываюсь в тумане, затем опять звездочки появляются, и я чувствую, что лежу. Может быть, я домой вернулась? Ну туда, где мне показали, что мамочка плачет. Я открываю глаза, чтобы увидеть ее сквозь прозрачную крышку, и тянусь к ней. Наши взгляды встречаются, и вот теперь я всей собой маму чувствую. Стеклянная крышка куда-то девается, меня облепляет что-то, но мне все равно — я тянусь к самому близкому существу на свете.

Она сначала смотрит на меня так, как будто не верит, а потом протягивает руки. Мне почему-то очень сложно шевелиться, а я все равно вцепляюсь в нее и хочу ее вылизать, чтобы она не плакала. Ну слезки вылизать, потому что это мама! Я ощущаю ее совсем иначе, чем раньше, потому что сейчас знаю, вижу и чувствую — это мама!

— Мамочка! — почему-то хрипло говорю я. — Не бросай меня, мамочка! Я буду самой послушной... Самой...

Но она не дает мне договорить, потому что начинает целовать, прижимать к себе и опять плакать, теперь как-то совсем иначе. Она меня так бережно держит, а я будто купаюсь в ее ласке. Только это еще не все. Потому что мамочка чуть успокаивается, а потом делает что-то мне непонятное и вдруг начинает меня вылизывать. Это ни с чем не сравнимое ощущение, от которого очень тепло становится, потому что она же ради меня научилась, чтобы мне было теплее. Ну, наверное, хотя она же меня и так уже вылизала.

И от этого ощущения — ласки, нежности, маминой любви, а еще от шершавого язычка, я вдруг начинаю урчать. Даже сама от себя не ожидаю, но урчу так, как никогда в жизни. Это же значит, что все хорошо?

Минсяо. Седьмое лучезара

Валентина

Маленькая моя, хорошая, потянулась ко мне, как будто приняла, а я целую ее, радуясь тому, что жива. Самое главное — она живая, дышащая, солнышко мое. Едва вспомнила о выданной мне щеточке и принялась Ксию ею гладить, как мне показали, а она... Она урчит! Будто моторчик маленький включился — урчит и улыбается, чудо мое.

— Ну вот и обрели друг друга, — произносит голос Ли, а потом он оказывается совсем рядом. — Ну что, примешь меня в папы? — спрашивает он ребенка.

— Папочка... — шепчет малышка, одной рукой потянувшись к нему.

— Малышка моя, — я не могу ее отпустить, просто прижав к себе, а она совсем будто и не возражает.

— Вот и хорошо, что так вышло, — мамин голос возникает будто из ниоткуда, а затем нас всех обнимают ее волшебные руки, и я тону в ее тепле, понимая, что теперь все будет хорошо.

— Я больше не буду плохой девочкой, — обещает Ксия. О чем она говорит, это же я виновата во всем!

— Ты всегда самая лучшая у меня, — целую я ее носик.

Этот маленький ласковый моторчик у нее внутри совсем не замолкает, а я просто не хочу выпускать из рук это невероятное чудо. Мама мне напомнила, как правильно любить детей, ведь я в своем горе совсем позабыла. И вот сейчас, находясь в ее объятиях, я чувствую — если бы могла, тоже заурчала бы. Малышка улыбается так волшебно, просто слов нет, чтобы описать это чувство.

— Почувствовала, моя хорошая, — гладит меня мама, а я не понимаю просто, как я могла раньше не осознавать этого.

И я рассказываю малышке, какая она важная,

нужная, самая лучшая на свете. Кажется мне, что я опять вернулась в детство, когда дома было тепло и ничего не нужно было решать. Мама мягко поднимает меня, но малышку в руки не берет, и ведет куда-то. А я даже не спрашиваю куда, потому что это мама, так что столовая становится для меня сюрпризом.

— Ой... — негромко сообщаю я, оглядевшись.

— Вот тебе и «ой», — хихикает Ли, а потом протягивает мне детскую бутылочку.

— Но она же... — я уже готова объяснить, что моя малышка умеет есть, и тут понимаю, зачем муж сделал именно так. — Сейчас мама покормит свою малышку, — как могу ласково говорю я Ксии.

Я аккуратно подношу соску к ее рту, надеясь только на то, что маленькая не обидится и не оттолкнет, но она с готовностью вцепляется в бутылочку, принявшись причмокивая есть, как действительно малышка. При этом Ксия зажмуривается, а урчать начинает даже громче. Наверное, ей нравится так есть, раз она урчит. Надо будет спросить кого-нибудь.

— Ой, какая прелесть! — слышу я детский голос и чуть поворачиваю голову, чтобы увидеть котят — девочку постарше и еще одну помладше.

— Это у нас Марфуша с Аленкой, — ласково произносит мама. — Вы здесь как?

— Малышка в школу пробилась, — объясняет та, которая постарше. — Пришли посмотреть, как она себя чувствует после всего.

— То есть прилетели, — хихикает мама. — И как впечатления?

— Она счастлива, тетя Вика, — серьезно говорит названная Аленкой младшая. — Урчать могут только те, у кого все хорошо. Хочешь, поурчу?

Значит, моя малышка счастлива, это очень здорово слышать. Просто неописуемо приятно, вот только надо будет не забыть малышку щеточкой «вылизать» после еды, потому что ей это надо физиологически, несмотря на то, что выглядит четырехлетней. Однако доктора говорят — не все так просто тут. У них и месяцы по длине различаются, и с годами сложности, поэтому развитие установили, но смотреть будем психологический возраст.

Доевшую Ксию я глажу щеточкой, как мне показал сам Наставник! Наставник прибыл сюда, чтобы показать и рассказать мне, как за моим чудом ухаживать. Вот что значит «дети превыше всего». Моя маленькая глаза не открывает и вообще показывает, что она не здесь. Ей еще нужно сердце сменить, потому что с ее сердцем совсем нехорошо. Но мы сегодня еще погуляем, пообнимаемся, а когда она уснет ночью, тогда все и сделают, чтобы не пугать ее. А завтра мы тогда домой полетим... Ой, а как я без мамы?

— Тихо, тихо, — она все чувствует. — Где будет тебе комфортнее, там и будем жить.

И я задумываюсь. Винокуровы живут на Гармонии, у мамы там дети наверняка есть, и муж тоже, и... Она-то из-за меня сменит планету, но правильно ли это? Ведь на Драконии меня почти ничего не держит, кроме нашего дома, каждый угол в котором напоминает о родителях. Может быть, правильней переехать? Ну... Новая жизнь... Я поднимаю взгляд на Ли, а он мне просто понимающе улыбается. Очень у него улыбка такая... любимый мой, всегда меня понимает... А я...

— Вы с Ксией у меня самые важные, — произносит он, погладив меня, а затем и доченьку нашу.
— Пора становиться напланетниками.

— Тогда давай с мамой? — мне кажется, мой голос жалобно звучит, и я даже сама на себя сержусь за это.

— На Гармонию? — улыбается муж. — Конечно. И малышке там комфортнее будет, множество же котят в детский сад пойдут.

— Ой, мы же ей фильм для малышей не показали! — внезапно доходит до меня.

Действительно, Ксия ведь ничего не знает о людях, вот и боится. Точнее, сейчас она уже не

Обретение

боится, потому что приняла нас с Ли, но ведь боялась же. Нужно ей фильм-знакомство показать, чтобы она увидела, что все плохое закончилось. Я уже готова вскочить, чтобы бежать куда-то, но мама меня мягко останавливает. Она ничего не говорит, только гладит, а мне становится непонятно: куда я бегу, экраны же есть везде.

— Ксия, — зову я доченьку, — чего тебе хочется?

— Чтобы ты была всегда, — почти шепотом отвечает она. — Не умирай, пожалуйста.

— Я всегда буду, — обещаю я ей, понимая, что Ли прав.

Муж верно сказал: пора становиться напланетниками, ведь у нас ребенок, без которой я жизни уже не представляю. Ксия сейчас кажется совсем малышкой и, несмотря даже на то, что она великовата, ей как-то удается свернуться в клубок в моих руках. Завтра с новым сердечком мы сделаем шаг в нашу жизнь. Ничего плохого уже точно не произойдет. Но, конечно же, легко не будет, потому что старый опыт обязательно вылезет. И у нее, и у меня, наверное.

С одной стороны, я взрослая, сложившаяся личность, а с другой — мама очень хорошо показала мне, что я еще сама ребенок, которому очень мамины руки нужны. Как так вышло, я не знаю, но зато уверена, что сделаю все возможное и невозможное для того, чтобы доченька была счастлива. Потому что она мое дитя, а важнее детей не может быть ничего.

Ксия

Я своему урчанию удивляюсь, потому что такого со мной еще не случалось, но мама меня так любит! Я чувствую ее любовь, ее тепло, ласку, я все чувствую, а потом вдруг рядом он оказывается. Ну, мамин самец. И он меня тоже любит, смотрит при этом так, что я просто теряюсь.

— Примешь меня в папы? — спрашивает, и я понимаю: я для него важна. Он же спрашивает, а не называет себя, получается, для него имеет значение мое мнение. И это просто сказочно.

— Папочка... — это название откуда-то из глубины выплывает, но я знаю: оно правильное.

А еще я обещаю, что не буду больше плохой девочкой, потому что теперь все поняла, а мама в ответ говорит, что я хорошая. Так странно на самом деле — как же я могу быть хорошей, если мамочка плакала? Но раз она так говорит, значит, так оно и есть, поэтому я просто ни о чем не думаю. А мама рассказывает мне, что я нужна, что я важная и самая-самая, отчего мне только еще больше урчится, ведь это просто необыкновенно.

Я чувствую — меня несет мамочка, а куда, мне неважно. Я уже понимаю: она никогда меня никогда не предаст, не выкинет, не сделает ничего плохого, потому что она мама. Я не знаю, отчего я так в этом уверена, мне что-то вспоминается, словно шепот в голове, только сейчас я не могу понять, что это такое, и не хочу, потому что мне хорошо. Наверное, меня кормить несут. Надо будет маме сказать, что не надо заталкивать ложку глубоко, я сама слизну еду, но в следующий момент происходит что-то совсем невозможное.

Я будто совсем маленькая, а мне в губы тычется даже не поильник, а мягкое что-то, очень вкусно пахнущее, и я просто отпускаю себя. Я начинаю есть как совсем маленькие, даже обнимаю передними и задними руками кормящую меня руку, чтобы она не пропала. Это очень вкусно и как-то спокойно, хотя урчу я даже, кажется, громче. Ну почему не поурчать, если меня любят?

— Поела, моя маленькая, — раздается мамин ласковый голос, едва только еда заканчивается, а потом...

Я же зажмурившись лежу, а она меня вылизывает, как маленьких совсем! Вылизывает, отчего мне становится, кажется, еще лучше, я даже почти засыпаю, но незнакомый голос девочки постарше заставляет меня открыть глаза. Она говорит о том, что урчат только те, кто счастлив, у кого все хорошо, и даже предлагает поурчать вместе. Незнакомая девочка на меня очень ласково смотрит, не желая при этом отнять маму, поэтому я не волнуюсь, а просто лежу, ощущая мамину ласку.

— Ксия, — негромко произносит мамочка, — чего тебе хочется?

— Чтобы ты была всегда, — честно отвечаю я ей и добавляю затем: — Не умирай, пожалуйста.

Я не хочу ее терять, как Хи-аш, совсем не хочу!

— Я всегда буду, — обещает она, и я ей верю просто изо всех сил.

А вот потом мама включает экран. Она говорит о том, что мы сейчас посмотрим фильм для малышей, чтобы я больше не пугалась ничего и знала, как у людей все устроено. Обо мне заботятся, причем не только о том, чтобы я сытой была и в тепле, но даже об удобстве. Именно поэтому я решаю сначала фильм посмотреть, а потом уже о школе спрашивать. Ведь у людей должна тоже быть школа?

Маминых рук я не покидаю, просто почему-то боюсь без нее остаться. Мне кажется, если она меня выпустит, то снова будет холодно и страшно, поэтому я в нее и вцепляюсь. Мамочка очень быстро это понимает, потому что она мама. Вот я сижу у нее в руках, а напротив меня экран включается. Возле мамочки папочка обнаруживается, и еще — ее мамочка, потому что у каждого же мама должна быть.

Включается экран, заставляя меня даже вскрикнуть от неожиданности. Там вдруг очень зеленая, красивая планета, на которой нет снега и льда. Я вижу яркое сияющее солнце, синее небо, в котором висят гирлянды непонятно чего, а следом прямо посередине экрана появляется белый такой шар, похоже, будто из палочек составленный. Это очень красиво, но как такой вид называется, я не знаю. Это даже неважно, потому что внутри все выглядит... необычно. Там много детей и внимательных взрослых, но чем они заняты, я не понимаю.

— Что это, мамочка? — интересуюсь я, пытаясь понять, что вижу.

— Это детский сад, — объясняет она мне, а затем, увидев, что я не понимаю, начинает объяснять: — Такое место, где дети могут побыть друг с другом, поиграть, чему-то научиться.

— Школа? — удивляюсь я, потому что показываемое совсем непохоже на школу.

— Нет, малышка, — качает головой мамочка.

Мне сложно понять то, что она объясняет, потому что как так: просто играть и в игре именно что-то новое узнавать? Не за столом сидеть, старательно уча науки, а просто играя. И это поражает меня так, что просто слов нет, но фильм еще не заканчивается, потому что вечером за детьми прилетают родители. И вот только тут я понимаю, что такое мама и папа, потому что такая любовь, такое бережное отношение, оно, получается, для людей нормально? Даже поверить сложно!

Но теперь я уже проникаюсь тем, что мне хочет мамочка рассказать. Мне это осознать не очень просто, потому что здесь, как я вижу, очень бережно к детям относятся. А еще вдруг оказывается, что я действительно очень маленькая, причем становиться большой быстро уже не надо, потому что вируса больше нет, да и заболеть ничем нельзя — мамочка и папочка меня защитили от всех болезней.

Просто думать о том, что я теперь могу медленно расти, учиться не торопясь, а затем и работать там, где хочется, а не где назначено — уже необыкновенно. Я не знаю, остался ли кто-то на нашей планете, я бы не осталась. И думаю, что теперь все котята будут человечьими, ведь мамы и папы же люди...

— А теперь мы еще разок поедим, ведь Ксия моя проголодалась, — бесконечно ласково произносит мама. — А завтра уже и домой полетим.

— Как ты скажешь, мамочка, — отвечаю я ей.

Мне кажется, что в мою жизнь неожиданно

вошла сказка. Вот раньше было холодно и страшно, а теперь я просто в необыкновенном волшебстве. В той самой сказке, что на ночь мне рассказывала Хи-аш. И я уверена, уже совершенно точно ничего плохого не будет. Будет только хорошее, потому что иначе быть не может. Ну так папа сказал, а он же знает лучше, правильно?

Вот с этой мыслью я и засыпаю после еды. Глаза сами закрываются, потому что мама вылизывает, и я просто проваливаюсь в сон. Но мне почему-то ничего не снится, вокруг только темная теплая река, в которой ничего нет. А чувствую я себя счастливой, даже очень.

Постранство. Восьмое лучезара

Валентина

Я иду в палату, чтобы разбудить Ксию, потому что у нее теперь новое сердце, да и все остальное починили малышке наши врачи. Не приведи Звезды, проснется и не увидит меня рядом — может испугаться или еще чего хуже. Родители Ли очень обрадовались тому, что у меня появились мама и папа. Они, оказывается, пытались мне дать тепло, но просто не знали, как это сделать лучше всего, поэтому и отступились. Однако я на них не сержусь.

А еще мы переезжаем на Гармонию. Ли сказал мне, чтобы я занималась малышкой, а потом связался с моим папой и с Наставником еще, поэтому супруг будет нас ждать уже там. В огромном доме Винокуровых, где очень много детей, но при этом есть где остаться одному, если надо. Винокуровы селятся рядом друг с другом, не расползаясь по планетам, потому Дом Винокуровых — это достопримечательность Гармонии, как гласит справочник.

Пройдя привычным светло-зеленым коридором, я поворачиваю направо и вхожу в палату такой же расцветки. Здесь в полупрозрачной капсуле готовится проснуться доченька. Она выглядит такой милой, как и все дети во сне, а индикатор состояния горит спокойным зеленым светом. Это означает — можно будить, доченька уже готова открыть глаза.

Я трогаю пальцем сенсор, крышка поднимается, а затем уходит в сторону, при этом малышку закутывает в покров — это специальная ткань, чтобы люди не пугались своей обнаженности, особенно дети. Конечно же, Ксия немедленно оказывается в моих руках. Я целую ее в носик, идя по направлению к нашей временной каюте в госпитале. Тоже так принято — родители всегда рядом с детьми. А идем мы, чтобы одеться.

Трансляция была вчера вечером, когда Ксия уже спала, а я нервничала. Мама котенка обратилась к Человечеству. Оказывается, дома котята предпочитают ходить на четырех конечностях, а в школе и на улице их просто заставляют на двух передвигаться, что им не слишком комфортно. Причина этого неясна оказалась женщине, но мучить ребенка не хочет никто, поэтому она попросила помощи. Это у нас обычное дело: если есть важная информация или вот в таких случаях — обращаются ко всем разумным.

В целом задача решение имеет. Котятами в детском саду будут специально заниматься, чтобы разобраться, почему им некомфортно и как решить эту проблему, если это проблема. Потому что если это особенность расы, то наши инженеры что-нибудь придумают. Пока что решили с детским садом и школами. Более взрослые дети, считавшиеся у себя там уже выросшими, довольно спокойно передвигаются на двух конечностях, и в их отношении такой проблемы нет. Переломили их или приучили... Но вот малыши — с ними проблема, конечно. И мы ее будем решать сообща, разумеется, не мучая детей.

Котенок мой изо всех сил не просыпается прямо до каюты. Я хотела Ксию в красивое платье одеть, но раз ей комфортнее на четвереньках, то будет комбинезон, он у меня тоже есть. Есть все для того, чтобы жизнь малышки была комфортной. Поэтому, зайдя в каюту, я укладываю Ксию на кровать, сразу же принявшись одевать. И вот теперь глазки широко распахиваются.

— Доброе утро, доченька, — улыбаюсь я ей. — Сейчас оденем мою хорошую, покормим и полетим домой, хочешь?

— Да-а-а... — негромко тянет она, а затем видит, во что я одеваю ее, и удивляется: — А почему не платье?

— Потому что, лапуля, тебе неудобно на задних руках ходить, а в платье иначе будет некрасиво, — объясняю я ей, радуясь тому, что узнала, как дети называют руки и ноги. Кстати, у такого названия должны быть причины, но, думаю, люди уже догадались, а нет — Наставника спрошу.

— Ты... ты знаешь? — пораженно спрашивает меня доченька. — И не хочешь... ну...

— Никакого «ну» я не хочу, — улыбаюсь я ребенку. — Я желаю только, чтобы тебе было удобно.

Она, конечно, не может слезки удержать, эмоции у моей лапушки. Не умеет она их сдерживать, да и не надо. А вот что мне интересно — ей четыре, а речь правильная, совсем не детская. Надо будет спросить Наставника, с чем это связано, потому что мало ли какие травмы у моей доченьки.

Кормлю я ее из бутылочки, потому как ей так

удобно и приятно. Ну тут есть еще один нюанс: правильные ложки, для котят предназначенные, нас дома ждут, а сюда их еще не привезли. Этим деткам совсем не подходят наши столовые приборы, поэтому для котят специальные сделаны. Я ей, наверное, в первый раз больно сделала... Знать бы тогда...

«Вылизав» Ксию щеточкой, я беру ее на руки, отправляясь к рейсовому на Гармонию. Что интересно — доченька ни о чем не спрашивает, а только головой крутит, сидя у меня на руках. Я пока не хочу ее из рук выпускать, вот не хочу, и все! И мама рядом с нами идет, улыбаясь.

— Не хочется выпускать? — она все-все понимает, ведь это же мама! — И не надо, внучке так комфортнее.

— А как правильно называть твою маму? — тихо интересуется у меня Ксия, явно забыв, что об этом уже спрашивала.

— Правильно — бабушка, — объясняю я ей, погладив по голове.

Малышке меняли сердце, поэтому небольшая забывчивость может случиться, мне об этом доктор рассказал, и мама потом повторила, поэтому я и не волнуюсь. Главное же, что доченька улыбается и совсем тихо, едва слышно урчит. Она у меня чудо просто. Мама еще говорит, что мы с ней очень похожи, поэтому «тараканьи бега» будут. У нас нет уже давно тараканов — не захватило их с собой Человечество во время Исхода, а термин «тараканьи бега» ввел кто-то из Винокуровых, не помню кто. Этот термин стал уже вполне официальным, так иносказательно о психологических проблемах пубертата — и не только — говорят.

Мы спокойно проходим по коридору до причального створа, почти незаметно оказавшись в широкой трубе рейсового звездолета до Гармонии. И будто возвращается наш первый день — меня приглашают в отдельную каюту. Лететь нам часа два, но я с ребенком, поэтому нам и каюта, где Ксия может поиграть, посмотреть экран или просто поспать. Только спать чудо мое не хочет, она желает с мамой обниматься. И, надо сказать, я это ее желание разделяю.

— Вот прилетим, познакомлю тебя с братьями, — улыбается мне мама. — Будешь ты у них самой любимой младшей сестренкой.

— Ой... — тихо сообщаю я, даже и не представляя себе, как это будет.

— Маме не страшно? — сразу же спрашивает Ксия.

— Маме не страшно, — отвечает мама. — Мама твоя удивилась просто.

Неужели я попала в свою мечту? В детстве я

мечтала о большой семье, но родители на мне остановились, у них была работа, хотя я до сих пор толком не знаю, чем они занимались и как погибли. Но я обязательно выясню, потому что разнятся сведения, при этом я точно знаю, что у Человечества так быть не может. Вот я и искала разгадку одна, а теперь у меня есть... братья. И Ксия. И Ли. И родители! Я точно попала в свои детские мечты.

Сейчас мы летим в мой новый дом, на Гармонию, где нас ждут. Великие Звезды, я уже и забыла, каково это — когда ждут, а рядом сидит моя мама, она меня гладит, будто маленькую, и рассказывает Ксии, как у нас дома хорошо. Она рассказывает моментально принятой свой внучке, но на самом деле мне, и я слушаю ее, с трудом удерживаясь, чтобы не открыть рот от удивления. Мы летим домой.

Наставник

Новости очень динамичные, кроме того, их много. Однако что-то мне не нравится в истории Валентины. Вика ее согрела, себя наверняка вспомнила, но сама суть. Тот факт, что дети у нас превыше всего, не означает, что на взрослых наплевать. Кроме того, гибель людей — случай неординарный, а после Витиного путешествия еще и практически небывалый. Именно поэтому я считаю, что в этой истории что-то нечисто. К счастью, у меня есть к кому обратиться с подозрениями.

Тронув сенсор и выбрав абонента, некоторое время жду, мысленно выстраивая беседу. Феоктистов — товарищ занятой, ответить может не сразу, но я подожду, ибо любопытно уже запредельно. Вот наконец проходит контакт, на экране появляется озабоченное лицо.

— Наставник? — удивляется он. Это мое звание и привычное обращение. — Какими судьбами?

— Непростой вопрос, Игорь Валерьевич, — вздыхаю я. — Послушай, что у меня есть, и скажи, что я придумываю.

— Ага, придумываешь ты, как же, — хмыкает он, явно устраиваясь поудобнее, судя по колыханию экрана. — Ты интуит, и дело касается твоей семьи, — утвердительно произносит он, показывая, что готов слушать.

— Вика моя девочку удочерила, — улыбаюсь я. — Так что да, дело семьи касается.

И я начинаю рассказывать ему о том, что удалось найти, и о том, что я надумал. Ситуация у нас скорее непонятная, чем сложная. Сложность в том, что документов оказывается мало, по крайней мере тех, к которым у меня доступ имеется. И это очень необычно, ибо такие вещи у нас обычно не секретят.

— Получается, она потеряла родителей чуть ли не в день своего совершеннолетия, — объясняю я. — При этом никто не почесался. И тут еще одна странность — муж Валентины. По документам он появился после гибели ее родителей, но по рассказам — нет, а ты же помнишь...

— Еще как помню, — кивает мне фактический глава нашего «Щита». — Ну с секретами мы разберемся прямо сейчас. Давай общую, — командует он кому-то.

Он открывает мне доступ к запросам через его терминал. Я уже успокоенный, по привычке даю запрос школьной характеристики девочки и получаю... Пустоту. Так как товарищ Феоктистов все видит, он сразу же становится не просто серьезным, а хмурым, ибо такого просто быть не может. Теперь уже он включается в поиск, запросив личное дело и дав целевой запрос в школу.

— Не понял, — констатирует глава организации, в прошлом называвшейся контрразведкой. — Как так?

Я тоже не понимаю, как такое возможно, ибо ответ школьного разума «данных нет» мне сильно не нравится. Мы переглядываемся и начинаем запрашивать уже по всему жизненному пути ребенка, не фигурирующего нигде. И вот этот результат не нравится уже щитоносцу, ибо такого не может быть даже теоретически.

— Девочку под мнемограф надо, — заключает он. — Может быть, хоть там найдется что-нибудь. А мы пока покопаем.

Насколько я понимаю ситуацию, у нас откуда-то взялась совершеннолетняя девушка с развитием на восемнадцать лет, о которой нет никакой истории. Хорошо, а родители? В личном деле должны фигурировать родители, где они? Я даю запрос на поиск указанных в документах уже члена моей семьи родных. Феоктистов подтверждает, отлично меня понимая. А я думаю связаться с Викой, но тут же останавливаю себя: идея плохая, у малышки котенок, а дочка почувствовала бы, если что-то было нечисто. Да и Маша ее видела что в госпитале, что на «Панакее». То есть вряд ли именно инфильтрация — а что тогда?

Этот вопрос мы обязательно решим, просто попросим, и все. Травмировать девочку раньше времени совсем не нужно, хоть и кажется мне... Есть ощущение вмешательства наших старых знакомых. И если это так, то мотив можно будет узнать через Арха. А вот если вдруг выяснится, что она все помнит достоверно, нужно будет исследовать уже серьезно.

С тихим писком коммуникатор напоминает мне о моем запросе. Отлично, и что же у нас имеется? Я уже ожидаю подсознательно увидеть тот же ответ, но сюрпризы у нас на этом явно не заканчиваются. Информация есть, причем не самая понятная, потому что по такой причине должны были известить «Щит». Итак...

«Светлана и Игорь Трясогубовы, дочь Валентина Трясогубова. Исчезли при невыясненных обстоятельствах»... Когда?! Мой взгляд прикипает к дате, которой быть просто не может, тем не менее она есть. Самое начало Третьей Эпохи, то есть очень много лет назад. Мой дар сразу же активируется, заставляя меня дать запрос на подтверждение школы, да и всей истории из Центрального Архива.

— Вот это номер... — негромко произносит Игорь Валерьевич, читая ответ.

Тут я с ним согласен, потому что Архив ответ дает и данные у него есть. Но вот как это возможно технически, я не понимаю. Будь девочка творцом, можно было бы предположить хоть что-нибудь, ведь о творцах мы до сих пор знаем очень мало, но госпиталь сообщает, что даров не обнаружено. Именно это и ставит меня сейчас в тупик, потому что в перенос во времени я как раз верю, только вот как это было осуществлено технически — не понимаю.

— Так, — вздыхает Феоктистов. — Ты сделаешь мнемограмму как сможешь, а мы начали копать давнюю историю. Потому разбираемся.

— Да, тогда все складывается, — я киваю, ибо историю знаю хорошо. — В Третью не до травмированных взрослых было, так что верю. Но вот у нас почему не почесались?

— Разберемся, — неприятно оскаливается щитоносец, которому не нравится такое видимое равнодушие. Да и кому оно может понравиться?

Я отключаюсь, простившись, но все еще нахожусь в своих думах. Если предположить временное смещение, все совпадает, кроме факта того, что школьную программу Валя должна знать, иначе бы ее просто не допустили к обучению. Если же не говорить о времени, то сказка у нас, выходит, со всесильными Творцами связанная. А тут уже важен мотив.

Взглянув на часы, я замечаю, что новая внучка уже скоро будет дома, время подготовиться к торжественной встрече. Нужно показать потерявшемуся ребенку, что ей очень рады, что она важная, любимая и никогда больше не будет одна. А мотив... Даже если предположить самые фантастические вещи о засланцах — у нас дома вдосталь квазиживых, так что об этом можно не думать, несмотря на папин еще принцип: «Лучше быть параноиком, чем трупом». Впрочем, тут мы подстраховались.

Вот с котятами у нас ворох прочих проблем, которые нам и решать. Сейчас отдохну чуть, и начнем над ними работать вместе с коллегами-учителями. Дети превыше всего. В этой фразе сама суть Человечества, поэтому мы справимся.

Гармония. Восьмое лучезара

Ксия

Всё вокруг очень необычное, и, если бы не мама, я бы, конечно, испугалась. Но меня мама держит в руках, отчего мне не страшно совсем. А еще мама не хочет заставлять, ну как в школе заставляли, на задних руках ходить, потому что ей важно, чтобы мне было комфортно. Это разве не сказка?

Мы прилетаем на Гармонию, там наш дом, так мамочка сказала. Раньше мама и папа жили на другой планете, а теперь на Гармонии, потому что мама не хочет со своей мамой расставаться, а еще — мне будет удобнее на Гармонии, это они мне сказали. Значит, так оно и есть, и теперь я уже вся в предвкушении — какая она, Гармония?

Мама меня выносит из каюты. Я сначала не поняла, зачем именно в каюту нужно было, если лететь недолго, но оказывается, это для моего комфорта. Комфорт означает, когда удобно и урчательно, я теперь это слово знаю. Люди подумали о том, что дети хотят поиграть и экран еще посмотреть, и сделали так, чтобы удобно было! Значит, то, что они говорят, — не просто слова, а так и есть на самом деле.

— Вот теперь мы пойдем к лифту... — произносит мамочка, беря меня на руки.

— Если я хоть чуточку знаю папу, нас электролет ждет, — хихикает бабушка.

Понятия не имею, что такое «электролет», но много вопросов пока боюсь задавать, потому что вокруг люди чужие, а вдруг им не понравится? Я же не знаю, что можно, а что нельзя, поэтому пока молчу и жду. Или я увижу то, о чем бабушка говорит, или потом дома спрошу. Не хочу, чтобы окружающие меня глупой считали, я же в школе училась!

Мама аккуратно несет меня по коридору, а люди расступаются и очень по-доброму мне улыбаются, как знакомые, совсем не возмущаясь, что такую большую девочку на руках носят. Коридор, в котором мы идем, кажется прозрачным, потому что я вижу звезды, похожие на те, что во сне были, а еще большую круглую штуку, о которой бабушка говорит, что это станция. И планету вижу, совсем на Ка-эд не похожую. Очень красивый, какой-то притягательный зеленый шар. Наверное, это и есть Гармония?

— Налево, — командует бабушка, на что мама только кивает, поворачивая.

Интересно, а где папа? Он же мне не приснился? Но только собравшись спросить, я получаю ответ на этот вопрос — в коридоре стоит папа и еще какой-то дядя, от вида которого расцветает уже и бабушка. Значит, это мамин папа, а как он называется? Я потом спрошу, потому что сейчас нас с мамой папочка обнимает, а бабушка с незнакомым пока дядькой обнимается.

— Пойдем, любимая, заждались уже все, — мягко говорит папочка, не забыв меня погладить. — Сейчас увидишь наш новый дом. Он тебе обязательно понравится!

А я замечаю, что маме надо иногда прикасаться к бабушке. Она будто проверяет, не пропала ли ее мама, и я ее понимаю, потому что боюсь ровно того же. Но и бабушка, похоже, понимает это, потому что гладит мою маму, как маленькую. Наверное, для мам и пап ребенок всегда им остается.

Я не успеваю рассмотреть этот загадочный «электролет», потому что оказываюсь в кресле.

Оно обнимает меня со всех сторон, как мамочка, и я не пугаюсь. А мама рядом обнаруживается, сразу же погладив меня по передней руке, отчего мне становится очень спокойно, и я даже подумываю, не поурчать ли. Наверное, пока не буду, чтобы не отвлекать никого. Дома уже поурчу, чтобы мамочке показать, как мне хорошо. Для мамы очень ценно, оказывается, чтобы мне было хорошо. И чтобы я сытая была, и еще... Много всего, оказывается, для мамочки важно, даже то, чего я себе раньше не представляла.

— А вот и наша Гармония, — произносит бабушка.

Передо мной появляется экран, он из потолка выезжает, а на нем планета. Она начинает приближаться, но совсем не страшно, нет ощущения падения. Она надвигается, а я вдруг вижу, как будто ягодки в воздухе висят. Я такие в учебнике видела, там о старых временах писалось, когда ягодки еще сами росли.

— А что это? — спрашиваю я, показав на грозди.

— Это дома, малышка, — ласково отвечает мне бабушка. — Люди на Гармонии живут в парящих в воздухе домах — им так удобнее, а на земле у нас зоны отдыха и парки.

— А что такое «зоны отдыха»? — не понимаю я, хотя вроде бы на одном языке говорим. Интересно, у нас изначально один язык был или просто что-то изменилось?

— Хм... — задумывается бабушка.

— А вот мы скоро слетаем и посмотрим, да? — шепчет мне на ухо мамочка, как будто пошалить предлагает.

— Да! — радуюсь я, хотя, конечно, шалить немного страшно. То, что я свою Хи-аш никогда не доводила, совсем не значит, что болевой стимуляции быть не может.

— Умница, — улыбается бабушка, и тут одна гроздь, просто большая-пребольшая, надвигается на нас, а затем что-то щелкает. — Вот и прибыли.

Я сначала немного пугаюсь, хотя сама не знаю, чего именно, но мамочка прижимает меня к себе — и страх убегает. А вот затем начинается настоящее волшебство. Нас встречает очень много людей и... котят? Они не такие, как я, эти котята, кажется, порода другая, я такой и не видела никогда, но все-все нам с мамочкой и папочкой рады, поэтому о том, что мы навязались, я не думаю. Просто невозможно ни о чем плохом думать, когда так радуются.

У нас, оказывается, есть отдельный дом, но он связан с общим, потому что готовить любит прабабушка, а обижать ее никому не надо. И еще там живут люди, которые не рожденные, а созданные, они называются «квазиживые», и от них не всегда человеком пахнет. Мне это Аленка рассказывает, она кошечка, но другой породы.

У меня очень красивая комната, и она только моя. В ней удобная кровать, стол, несколько стульев, шкаф и просто очень много «игрушек», с которыми я не знаю, как обращаться. У нас-то на Ка-эд игрушек не было, а тут очень много. Но Аленка говорит, что научит меня, поэтому я не беспокоюсь. Еще у меня своя уборная есть. Не такая, как в первом доме, а обычная, чтобы я могла помыться или в туалет сходить.

А вот игровая комната — она огромная и одна на всех, но она действительно очень большая. В ней и лазить можно, и экран смотреть, и играть, и даже бегать. Мама показывает мне эту комнату, а я на дерево забираюсь. Я даже сама не понимаю, как это у меня получается, но залезаю очень быстро и замираю, разглядывая других.

Мне здесь очень нравится, поэтому за обедом я урчу, чтобы показать свое счастье. Аленка рядом тоже урчать начинает, а за ней и другие девочки, поэтому мы едим и урчим. Ой, а у людей есть ложки специально для таких, как я!

Валентина

Уложив сильно утомившуюся Ксию, я выхожу в общую комнату, это гостиная. Мне нужно с мамой поговорить, и, если возможно, с наставником. Ли сидит с доченькой, чтобы она не испугалась, если проснется, а меня не найдет. Мне очень спросить нужно, потому что с появлением доченьки вдруг сами по себе возникают вопросы, ответы на которые я не знаю.

Мама, к которой я радостно подбегаю, как маленькая, обнаруживается в гостиной. Она сидит за столом, разговаривая о чем-то с Наставником, и я уже понимаю: надо было подождать, но она сразу же прерывает разговор, обняв меня и усаживая на стул рядом с собой. А я вдруг такой счастливой себя чувствую, что все мысли из головы вылетают. Если бы умела, сейчас точно заурчала бы, как Ксия.

— Да, импринтинг, — кивает Наставник. — В точности просто, как у вас было.

— Моя хорошая же спросить что-то хотела? — интересуется у меня мама ласковым голосом.

— А то, что доченька очень быстро на Всеобщем заговорила — это норма? — интересуюсь я.

— Это особенность расы, — вздыхает Наставник, который теперь дедушка. — Они адаптируются к языку, да и ко всему, что ведет к выживанию, что само по себе необычно.

Я пытаюсь собраться с мыслями, поэтому молчу, молчит и он, а мама только улыбается. Если особенность расы — адаптация, в данном случае к языку, да еще и сохранилась с течением времени, то не все было просто у них в прошлом, выходит. Наверняка этим занимаются, поэтому я лезть не буду. Я еще раз обдумываю вопрос, который думаю задать, не будучи уверенной, что стоит, но потом напоминаю себе, что теперь Винокуровы — моя семья.

— Я спросить хотела, — тихо произношу я, опустив взгляд, потому что мне стыдно немного. — Я почти не помню родителей, и память у меня странная. Меня это не тревожило, а появилась Ксия, и я...

— И ты задумалась о себе, — кивает мамочка. — Это было ожидаемо.

— Расскажи нам, Валя, — мягко просит меня Наставник, успокаивая только интонациями.

— Я не очень хорошо помню, но... — и я начинаю рассказывать все, что запомнилось, комментируя моменты, вызывающие двойственность восприятия.

Я рассказываю о том, что не могу вспомнить своих родителей, только образы и тактильные ощущения, при этом у меня не совпадают память и банальная логика. Вот Ли — мой муж, но знакомства с ним я не помню. Зато знаю — если бы не он, я бы не пережила потерю родителей. И тут у меня опять несовпадение: мне сколько лет уже, и я живу без них, а Ли должен был позже появиться.

— Скажи, внучка, а ты детский сад помнишь? — интересуется Наставник.

— Коне... — начинаю отвечать я и вдруг понимаю. — Кажется, нет... А можно...

Есть способ установить что-либо, если даже и забыла. Наш мозг запоминает все, и хотя информация не полностью остается в активном состоянии, но записывается все, по крайней мере как-то так нам объясняли в Академии. У человечества есть прибор, который может добраться до этих записей и просмотреть их, правда, для его использования нужны основания, да и к детям он почти неприменим. Только я же не ребенок! Поэтому хочу попросить наставника — ведь у него много знакомых — а вдруг мне разрешат без «клинической необходимости», как это в инструкции записано? Конечно же, я изучала вопрос, но...

— Что, моя хорошая? — спрашивает мама, обнимая.

— Можно мне... меня... ну... — я вдруг робею, боясь отказа, но все же заканчиваю: — Мнемограф...

— Мнемографировать и таким образом установить истину... — задумывается дедушка, а потом кивает. — Очень хорошая мысль, подожди минутку.

Он трогает сенсор на браслете коммуникатора, а через мгновение его соединяют с самим Феоктистовым. И вот Наставник интересуется, нет ли где поблизости возможности меня мнемографировать, потому что я сама попросила. Наверное, это что-то значит — щитоносец задумывается, а потом спрашивает что-то, и дедушка говорит, что этот вопрос решим.

— Малышка как проснется, двинемся в одно интересное место, — сообщает мне он. — Затягивать не будем, раз такое дело.

— А... почему? — удивляюсь я скорости принятия решений.

— Тебе должно быть комфортно, — объясняет мне дедушка. — А раз у тебя такие вопросы, то нужно поставить точку, ну или понять, что и где искать, понятно?

— Понятно... — шепотом отвечаю я.

Наверное, Ксия себя так же чувствует — неожиданно для себя став важной и нужной, и ее комфорт имеет значение. Вот и я сейчас просто шокированно застываю, потому что никаких мыслей нет, совсем никаких. Надо бы поблагодарить, но я просто не знаю таких слов, которыми можно выразить все то, что я сейчас чувствую. В следующий момент мне становится очень спокойно на душе. И тепло тоже.

Я все раздумываю о том, как меня воспринимают старшие, осознавая потихоньку — сколько бы мне лет ни было, я для них все равно ребенок, а дети у нас превыше всего. Наверное, этот принцип теперь и на меня распространяется? Но я же... С другой стороны, почему-то очень приятно побыть ребенком, чтобы обо мне заботились.

— Валя, извини за личный вопрос, — вдруг говорит мне мама. — У вас же с Ли до физической близости дело не дошло?

— Не дошло, — киваю я, тяжело вздохнув. — Ли говорит, что я не готова, а я...

— А тебе не хочется, — кивает мама. — А его родители?

— Они какие-то не такие... — задумчиво отвечаю я ей. — Только я не могу сформулировать.

— Не будем беспокоиться, мы все решим, — гладит она меня по голове, как маленькую, и я успокаиваюсь.

Вот как-то странно успокаиваюсь, как будто я действительно ребенок, даже смотрю на коммуникатор, в раздел, фиксирующий возраст тела. Но там цифры не меняются, да и отметка совершеннолетия тоже никуда не девается. Правда, совершеннолетие не зависит от возраста, там другие параметры. Я же почему-то реагирую именно как ребенок, а вот почему, не знаю. Может быть, оттого, что теперь у меня есть мама?

Мама меня посылает к Ли, она говорит, что Ксия скоро проснется, как будто чувствует. Может и чувствовать, ведь она интуит. Так что я как послушная девочка иду к моей доченьке, моему солнышку, рядом с кроватью которой спокойно сидит Ли. Он совершенно спокоен, будто совсем не переживает по поводу моего отсутствия, но стоит мне войти, и он словно включается: с тревогой в глазах смотрит на меня, улыбается, явно показывая, что очень мне рад, и я... Я обнимаю его, выбросив пока все мысли из головы, потому что просто устала думать. Как-то я себя по-детски веду, по-моему...

Орбита. Девятое лучезара

Наставник

Вчера мы, разумеется, никуда не двинулись, хотя нас уже ждут, но тут мой приоритет, в смысле — я решаю. А прежде чем решать, надо понаблюдать, для чего я еще Машу вызываю, так как есть у меня ощущение, что она понадобится. А мои ощущения важны, ибо дар.

Прибудет Машенька прямо на «Панакею», на орбите зависшую, и Танечку с собой возьмет — нам нужно и Ли посмотреть, и Валю. Память обоих очень важна, какие-то странности у нас сплошные. Даже не сама память, а мнемограмма, именно она как раз отличается от описанного в древней фантастике «слепка памяти». Валя ведет себя в свободной обстановке как подросток. При этом характеристика, данная ее начальством, от моих наблюдений отличается. Мотив этого тоже следует выяснить, ибо в то, что офицеры Дальней Разведки глухи и слепы, я не верю.

Именно поэтому мы сейчас отправляемся на «Панакею». Ребенка надо будет отвлечь, хотя родителей будем таскать на мнемограф по одному. Незачем обоих сразу, а то еще Ксия испугается. Кстати о ребенке... Из крови котят вирус выделили, только ученые наши считают, что он искусственный, а это пахнет уже очень плохо, ибо означает внешнюю угрозу. В том числе и для других Разумных. Но с этим пока копается «Щит».

Котята, к слову, одаренные, причем дар у всех наличествует, и у всех один и тот же, чего в природе, насколько мне известно, не встречается. Нужно будет Машу попросить уточнить этот вопрос у наших друзей, есть у меня нехорошее предчувствие. Врага уничтожили без нас, Отверженные, с ним сотрудничавшие, уже тоже история, так что или мы что-то пропустили, учитывая, что опять всплывает кошачья цивилизация... или у нас сюрпризы. Кстати, вполне возможно, что предок у них один. Как люди все распространились с Прародины, так и кошки могли с какой-то материнской планеты, а то, что мы чего-то не знаем, не значит, что этого не может быть. Значит, есть поле работы для ученых, не захиреют без дела.

Валя хорошая девочка — сама все понимает, даже тот факт, что ее ощущения неправильности будто разблокировались с появлением ребенка. При этом доверяет она нам абсолютно, что, учитывая импринтинг, норма. А вопрос «Как так вышло?» мы оставим на потом, нам сначала нужно понять, а покарать равнодушных еще успеется. Надо же, я полагал, что равнодушные у нас уже вывелись...

Вот выходит Валечка с Ксией на руках, а за ней и Ли. Что-то мне такое поведение напоминает, что-то очень знакомое. Подумаю об этом потом, а сейчас нас ждет «Панакея». Я улыбаюсь детям, прося следовать за мной, ибо электролет сегодня у нас семейный, чтобы все поместились. Кстати, тот факт, что Ксия практически всегда перемещается на руках своей мамы — тоже повод задуматься.

— Отправляемся в волшебную страну, — улыбаюсь я, погладив и Валю, и Ксию.

— Очень волшебную? — удивляется внучка, буквально замерев в руках Вали.

— А вот посмотрим, — отвечаю я ей. — Ты все изучишь и скажешь нам как эксперт — волшебная она или не очень. Согласна?

— Да-а-а! — радуется малышка.

На вид ей лет пять, по заключению Вэйгу — четыре, но ведет себя иногда не по возрасту, хоть жестких стандартов и не существует. Однако опыт у меня большой, и он мне говорит, что жизнь котенка, несмотря на декларируемые стандарты расы, хорошей отнюдь не была. Да еще и Хи-аш свою она потеряла, что в свою очередь значит очень многое. Выходит, как и всем потерянным котятам, — побольше тепла. Эта проблема, насколько мне известно, у них у всех рано или поздно вылезает, поэтому новым родителям котят непросто.

Мы усаживаемся в электролет, при этом я наблюдаю, замечая то, что ожидаю увидеть: малышке очень тяжело расцепиться с мамой, папа же существует просто как название, судя по всему, а самой Вале — с Викой моей. И вот это наводит на определенные размышления.

— Выход на орбиту, — задаю я программу навигатору. — Парковка на «Панакею» по запросу.

— Маршрут принят, — отвечает мне автоматика, после чего я отвлекаюсь от консоли управления.

Вся навигация у нас автоматическая, хотя исключения, разумеется, есть. Вот помню, по молодости в первом своем полете как раз все исключения и собрал, а потом и Витя, сынок, повторил «подвиг» папы по количеству нарушенных инструкций. Ксия ведет себя сейчас как ребенок лет трех от роду, забрасывая окружающих вопросами в пулеметном темпе. Ушки ее сигнализируют о том, что ребенку не страшно, а очень любопытно. В это время мы пулей выскакиваем из атмосферы, направляясь к зависшему на орбите снежно-белому звездолету.

Выходит, коридор у нас чуть ли не экстренный, что само по себе интересно, но объяснимо. Электролет ныряет в створ причала, чтобы сразу же опуститься на палубу, а затем начинаются обещанные чудеса: волшебники и волшебницы нас встречают, при этом Валя идет со всеми, а Ли незаметно забирают на мнемограф. Ксия не беспокоится совершенно от исчезновения папы, а вот внучка оглядывается, но быстро успокаивается — мама рядом, поэтому ей уже комфортно.

— Общее и специальное обследование мужчины, — тронув сенсор, сообщаю я, посматривая за детьми.

— Принято, — отвечает мне Вэйгу космического госпиталя.

Это с полета Вити пошло — все разумы медицины у нас теперь Вэйгу, как они различают друг друга — туманность их знает. А вот доченька Машенька, похоже, приволокла всех сестер, включая и «тетю Машу», поэтому Вале с Ксией совсем не скучно, при этом дочка старшая моя присылает мне сообщение. Я вздыхаю, прочтя его, — все логично, поэтому передаю ей формальное руководство обследованием.

Я ожидаю сюрпризов, и не сказать, что очень хороших, поэтому устанавливаю контакт и с Феоктистовым. Щитоносцы сегодня на «Панакее» присутствуют обязательно, да и не только сегодня, но есть у меня некое странное ощущение — а подобное игнорировать нельзя, я сам этому детей учу. Обозначив свое присутствие, прошу о встрече, получив согласие. Сейчас мы общаемся на уровне текста, ибо кажется мне, что так правильно.

И вот когда Ксия совершенно увлечена игрой с мамами да взрослыми тетями, мне на коммуникатор приходит оповещение. Только цифры кода, но именно тот факт, что приходит только код, и наводит на неприятные мысли. Я скорым шагом отправляюсь в отделение специальной диагностики, где уже и Маша присутствует, ибо, похоже, мы встретились с чем-то очень необычным, а по необычному у нас старшая именно она.

Мария Сергеевна

Папины ощущения игнорировать нельзя, да и передает он мне руководство. А в каком случае это происходит? Правильно, если у нас встреча с возможными друзьями или, не приведи квазар, врагами.

Я захожу в отделение специальной диагностики, когда Ли, муж моей новой племянницы, уже спит в капсуле. Вэйгу явно проводит диагностику, потому что шара мнемографа я не вижу. Не сказать, что процедура обычная, — речь была о другом, но разуму госпиталя просто виднее.

— Здравствуйте, Мария Сергеевна, — церемонно здоровается со мной глава отделения специальной диагностики.

— Здравствуйте, Петр Филлипыч, — улыбаюсь я, потому что мы с ним лет десять уже на «ты». — Что тут?

— Наставник поставил задачу общей диагностики, — объясняет он, визуализируя происходящее на экране. — Поэтому ждем пока.

Мой дар подсказывает мне, что ждать нам недолго. С чем это связано, я не понимаю, но интуиция — штука слабо объяснимая. Именно поэтому я тяжело вздыхаю, пытаясь сообразить: что не так? При этом мне в голову приходит мысль, что обследовать родителей Ли тоже стоит. Тронув пальцем символ щита на коммуникаторе, я жду.

— Дежурный, — отзывается на мои действия коммуникатор.

— Винокурова, группа Контакта, — традиционно представляюсь я, хотя он меня наверняка знает. — Запрос по результатам обследования здоровья родителей Ли.

Точно зная, что дежурный поймет, кого именно я имею в виду, я жду его ответа. Он рассматривает что-то на экране, кивает и отключается. Это вовсе не нарушение правил вежливости, а обработка приоритетного запроса. Станет что-либо известно — сообщит, а нет так нет. Проделав эту несложную операцию, поворачиваюсь к экрану, на котором демонстрируется что-то странное, на мой взгляд, хотя я и не специалист.

— Петя! — зову я врача. — Это что?

— Это искусственный организм, — внимательно рассмотрев демонстрируемое на экране, меланхолично сообщает он мне. — Можно сказать, квазиживой биологического происхождения, к размножению по этой причине неспособный.

Люди такое не умеют, но я знаю, кого именно можно спросить — Альеор как-то упоминал о древних технологиях своего народа, поэтому, кивнув, легко прикасаюсь пальцем к символу группы Контакта и, не дожидаясь приветствия, прошу дежурного по группе:

— Максим, свяжись с Альеором, пожалуйста, — тут я на мгновение задумываюсь, прикидывая, как будет лучше, но затем решаю: — Попроси его прибыть на «Панакею», она над Гармонией мотыляется.

Люблю я такие словечки, от папы почерпнутые, а отлично меня понявший лейтенант Панин только кивает, сразу же начиная работать. Он отлично знает, что просто так я никого не дергаю, поэтому сейчас шевелится быстро. А что у нас на экране, учитывая, что мнемограф начал работу?

— Сюрприз, — констатирует Петя, нажимая тревожный сенсор.

Я его вполне понимаю: сюрприз получается несмешным по причине того, что памяти у того, кого мы знаем под именем Ли, — всего ничего. А вот та, что имеется, содержит информацию, которую с ходу я расшифровать не могу, но у меня группа есть, поэтому можно связать Вэйгу «Панакеи» и разум «Марса».

Учитывая, что я здесь, «Марс» у нас припаркован у Главной Базы, и это очень хорошо, потому что кодирование памяти — нечто из области фантастики. При этом массив почти не читается, что говорит либо о высокоорганизованном разуме, либо о шифровании, которое возможно теоретически, насколько я знаю. Проходит еще несколько минут, и в отделение широким шагом заходит Альеор.

— Здравствуй, дружище, — искренне радуюсь я ему. — У нас тут проблема, в чем-то напоминающая твои рассказы. Посмотри, пожалуйста.

— Здравствуй, Маша, — улыбается он мне в ответ, а затем вглядывается в экран и вдруг меняется в лице: — Тиэнталь? Откуда он здесь?

— Что такое Тиэнталь? — не понимаю я.

— У вас есть квазиживые, — объясняет мне мой друг. — Они у вас обладают разумом и являются членами общества. Тиэнталь же — слуга, он не обладает полноценным разумом, является защитником и... И все. Но у нас такие были очень давно, а этот выглядит странным и зачем-то морфированным под человека.

Все эти факты мне очень интересны, а Альеор, приглашенный к экрану, подключает к мнемографу какой-то прибор, похожий на извилистый корешок, и теперь мнемограмма меняется, давая нам сведения. Только вот информация выглядит настолько странной, что я не понимаю, что передо мной.

— Задача защитить принцессу, — слышим мы расшифрованное сообщение. — Но принцесса самка. Хочу дать самке тепло, ведь ей плохо.

— Он, похоже, обрел разум, — задумчиво сообщает мне Альеор. — Значит, находился без присмотра долгое время. Очень интересно.

— Сейчас еще интереснее будет, — вздыхаю я, начав рассказ о девочке Вале.

Все, что нам известно, выстраивается в более-менее логичную цепь, помогая моему другу воспринять информацию. Я рассказываю, а сама размышляю. Получается у нас, что Ли — квазиживой, обретший разум. При этом, похоже, он совсем не хочет причинить вред Вале и Ксии, поэтому неопасен. Но обстоятельства его появления и встраивания в наше общество, конечно, внушают некоторые опасения. Впрочем, это товарищ Феоктистов разберется в том, как подобное вообще возможно, а нам надо девочку посмотреть.

— Альеор, а что за принцесса, у вас же не монархия? — интересуюсь я у друга.

— У вас были Отверженные, — начинает он, а мне совсем нехорошо становится. — У нас нечто подобное случилось, только наши хотели не убить обладавших разумом, а желали шагнуть в прошлое, где было все просто в их понимании. Так вот, принцесса — это их... верования. Только эти представители нашего народа по неизвестной причине полностью исчезли, так что точно тебе не скажу.

Может ли Валя быть их «принцессой»? Учитывая, что Ли ее муж, вероятность очень высокая. Но у него же родители есть! Откуда они взялись? Это непонятно. Кроме того, если Валя из народа

Альеора, она действительно подросток еще, у них взросление происходит медленнее. При этом остается вопрос к нашему «Щиту»: как подобное вообще возможно?

Я отслеживаю ситуацию с Валей, заметив, что Ксия уже утомилась, а это значит, скоро и Валю посмотрим. Ли в это время присоединится к сестренкам моим, оберегая сон котенка, раз он неопасен — а дар мой ошибаться просто не умеет. И пока котенок будет спать, его мама полежит под мнемографом, что, скорее всего, ответит на оставшиеся вопросы. Или не ответит, но мы хотя бы знать будем...

М-да, динамичненько, как папа говорит.

Госпиталь. Девятое лучезара

Мария Сергеевна

Информацию о «принцессе», пока пробуждают Ли, я из Альеора, разумеется, вытягиваю. Странным мне кажется абсолютно все, поэтому я напоминаю себе, что привычные термины могут означать совершенно неожиданные вещи. Ли направляется в сторону сектора отдыха, я же расспрашиваю гостя, сразу же убедившись в своей правоте.

«Принцессой» вариант Отверженных в истории расы Альеора называли обязательно женскую особь, которую... приносили в жертву, желая задобрить богов. Как глава группы Контакта, историю я знаю хорошо, потому мне, в отличие от большинства представителей Человечества, что такое «боги», объяснять не нужно. Но тогда, если Валя — именно та «принцесса», то девочке повезло еще, что в живых осталась. Впрочем, шанс узнать, так ли это, у нас будет.

— Здравствуй, Валя, — здороваюсь я с племянницей, сразу же потянувшись погладить выглядящую немного растерянной девушку. — Ничего не бойся, мы найдем все ответы.

— Ой, тетя Маша, беспокойно немножко, — вздыхает она. — Ли какой-то не такой сегодня, и...

— Все расскажем, — улыбаясь, прерываю я ее, помогая улечься в капсулу.

— Спасибо, — шепчет она на прощанье, засыпая.

— Вэйгу, полное! — командую я и киваю, увидев зеленый глазок подтверждения.

— Считаешь, это она? — Альеор, разумеется, понимает все с полуслова.

— Очень загадочная у нее история, — объясняю я в ответ.

Ли, кстати, действительно обрел разум, при этом он вступал в противоречие с программой, отчего у него и появились перепады в поведении, замеченные даже Валей. Программу ему отключил Альеор, так как контроль разумного существа недопустим. Теперь Ли будет попроще, а к нему у нас претензий нет. Ну а то, что он извне, так это не его вина. Но вот в свете этой информации вопросы к «родителям» Ли уже очень серьезные.

Низкий сигнал «внимание» прерывает мои размышления, заставляя повернуться к экрану. Там же обнаруживается мой друг, с большим удивлением вглядывающийся в изображение. Я его понимаю, потому как генокод человеческому не соответствует. Движением пальцев запускаю сравнение с образцами всех известных рас, хотя уже понимаю, что именно увижу.

— Альеор, — зову я моего друга. — Посмотри-ка...

На экране совпадение образцов на восемьдесят семь процентов, при этом второй возможный родитель происходит из неизвестной нам расы. Альеор внимательно смотрит на генокод, что-то начав понимать. Взглядом спросив у меня разрешения, он достает похожий на твердый плод какого-то растения собственный коммуникатор, раскрывая его, как веер. Насколько я понимаю, он сейчас занимается тем же, чем только что занималась я, только на своем уровне. Его раса более развита, чем Человечество, но при этом он не старается показать это, что говорит о мудрости.

А тем временем начинается мнемографирование, доносящее до нас новые сюрпризы. Валя не помнит сама, но... На экране отображаются картины, заставляющие нашего друга отвлечься от коммуникатора. И местность, что видна через небольшое круглое окно, ему явно знакома, а мы слушаем и смотрим. То, что говорят на языке расы Альеора, меня уже не удивляет.

— ...Девчонка подходит для жертвы богам, — произносит кто-то высоким голосом, уходящим почти в ультразвук, отчего я пол определить не могу. — Мы отправим ее по пути звезд, как завещал великий Диэалал. Позаботьтесь о родителях.

И смазанная сцена — двое взрослых среди огня. Сильное, мощное пламя, охватившее большое дерево, перекошенные лица, и ребенок на выжженной земле, отражающийся в какой-то зеркальной, но черной поверхности. А затем крик с пояснением об испытываемой сильной боли в верхней части головы.

— Вот оно... — шепчет Альеор. — Маша, это дитя... Да я их!

Он очень быстро покидает помещение, а затем мне падает сообщение от нашего «Щита» о запросе помощи от расы наших друзей. За давностью лет они растеряли свои боевые навыки, да и кораблей у них немного, это только у людей традиции сохраняются эпохами. Я скидываю протокол, при этом меня обещают держать в курсе. То есть Альеор помчался воздавать по заслугам, а мы остаемся смотреть дальше.

Малышка в пустом корабле, при этом небольшой звездолет, в котором она оказалась, мне что-то напоминает. Но девочка совсем одна, там только какой-то робот, кормящий ее. Я хорошо понимаю, что развиться она не могла с таким воспитанием, но тем не менее скидываю изображение корабля прямо с экрана в сеть «Щита», мгновенно получая ожидаемый ответ. Уничтоженный уже нами Враг каким-то образом предоставил свой корабль этим отщепенцам.

А вот дальше в мнемограмме провал с сообщением «область не читается», а затем восемнадцатилетняя на вид девушка легко проходит вступительные тесты Академии Флота. И тут рядом с ней обнаруживается Ли. Только в тот самый момент, а это значит — что-то есть в закрытой области памяти, что мы не можем прочитать.

— В соответствии с установленной информацией Валентина Винокурова, пятнадцать-шестнадцать лет по развитию тела, — констатирует Вэйгу, сделав необходимые поправки в расчетах.

— То есть подросток, — заключаю я, понимая, что теперь все становится на свои места. — Запрос управлению Дальней Разведки о переводе Валентины и Ли Винокуровых в группу Контакта. Основание — мнемограмма.

— Запрос удовлетворен, — следует моментальный ответ, ибо у меня в данном случае приоритет абсолютный.

— Маша-а-а... — как-то полузадушенно тянет Петя, глядя мне за спину.

Я оборачиваюсь, с удивлением замечая в отсеке посторонних. Вот только автоматика отсека их не видит, поэтому я рефлекторно включаю специальные сенсоры. Двое, выглядящие людьми лет шестидесяти, молча стоят, с улыбкой глядя на меня. Сенсоры зажигают на стенах отсека специфический символ, и я улыбаюсь этим людям.

— Здравствуйте, — следуя Протоколу, произношу я. — Человечество радо приветствовать друзей. Мы идем с миром!

— Мы пришли с миром, — кивает мне мужчина, лицо которого сейчас идентифицируется, ибо «Щит», да и моя группа получили сигнал «сорок два». — Девочка не была вашим испытанием, но выжила, поэтому мы возвращаем ей отнятое.

— Кто вы? — интересуюсь я, понимая, что подобный вариант Контакта никакими инструкциями просто не предусмотрен.

— Мы Диа, — произносит женщина. — Пожив среди вас, мы видим, что вы достойны общения.

Совсем интересно... «Марс» спешит сюда со всех дюз, хотя ему полплевка, я же приглашаю двоих наших друзей в зал совещаний госпиталя. Надо налаживать общение, а подробности у нас последуют потом. Оглянувшись, я вижу, что Петя принялся пробуждать Валю, то есть обойдутся без меня. Правда, и девочкам, и Вике, и Ксие будет сюрприз: Валенька у нас изменилась, судя по изображению, упавшему мне на коммуникатор.

Я иду вперед, рассказывая выглядящим, как родители Ли, разумным о том, что такое Человечество и почему история Вали настолько сильно всех заинтересовала. Наши новые друзья являются, судя по ответу сенсоров, энергетической цивилизацией, что накладывает свои ограничения, но слушают они меня внимательно, отдавая дань вежливости. Сейчас у нас все подчинено протоколу, хотя Контакт в госпитале — из раздела курьезов.

— Мы понимаем, это не просто слова, — кивает мужчина. — Вы знаете, кто такая Валя и кто Ли, но ваше отношение не изменилось. Почему?

— Ли — разумный, — объясняю я. — Опасности он ребенку не несет, а с остальным разберемся. Племянница моя — она еще ребенок.

— А дети превыше всего, — с улыбкой договаривает за мной женщина, чьего имени я пока не знаю.

Отрадно, что они разделяют наши принципы. Значит, договоримся.

Ксия

Мамочка изменилась. Она немного иначе выглядит — глаза чуть цвет поменяли и еще ушки заострились, но это все равно моя мама, к которой я тянусь изо всех сил. Она улыбается мне, сразу же беря на руки. Я чувствую изменения в маме, но не спрашиваю, потому что не это главное, главное то, что она есть. И бабушка обнимает нас обеих. Мне очень правильным кажется то, как она обнимает, поэтому я замираю: мне больше ничего не надо.

— Сейчас покормим мою хорошую девочку, — сообщает мне мама, а я просто прижимаюсь к ней.

— Покормим и расскажем, отчего мама изменилась, — улыбается бабушка, погладив мамочку, которой это очень нравится.

— Главное, что она есть, — тихо отвечаю я ей, начиная негромко урчать, потому что мне так хорошо.

— Чудо мое, — ласково произносит мамочка.

Меня кормят кашей, которая мне сильно нравится, но бабушка говорит, что нужно будет потихоньку другие продукты вводить, новые блюда давать, но понемногу. А мне каша нравится, потому что она сладкая. Могла ли я себе представить сладкую кашу раньше?

Сейчас я поем и снова пойду играть, а потом мы отправимся домой. Наверное, мы сюда прилетели, чтобы мама собой стала? Ну, раз она изменилась, значит, раньше замаскированная была? Я уже спросить хочу, но бабушка говорит, что, как только я доем, они с мамой мне сразу все-все расскажут, и это звучит просто необыкновенно. В то, что они не обманывают, я уже верю, потому что все так говорят, и я чувствую еще. Неужели мне действительно все расскажут?

Вот я доедаю, и передо мной оказывается широкая чашка с тягучим киселем, чтобы я, если вдруг захочу, могла лакать. Но сегодня я не хочу, потому что мама же не лакает, вот и я буду как мама. Бабушка усаживается поудобнее, а мама вздыхает отчего-то.

— Давай я начну? — предлагает бабушка, а мама, я вижу, рада этому. — Твоя мама была другой когда-то очень давно.

И начинает мне рассказывать о том, что мамочку хотели убить злые и нехорошие существа, которые отрезали ей ушки, поэтому она была в космосе долго-долго, хотя сама этого не помнит. У мамочки был дар, и она не умерла. Когда в ее космическом корабле все сломалось и стало нечего кушать, мамочка пожелала оказаться там, где не хотят убить, но дар ее при этом весь использовался. А теперь ей ушки вернули и немножко памяти, но не всю, чтобы она не плакала. Вот такая у меня геройская мама!

А еще... Еще мамочка теперь всегда такой будет, но на работу пока уходить не надо, потому что у нее я есть, а я, оказывается, важнее работы. И вот это меня заставляет просто замереть, потому что я себе такого и не представляю даже. Хи-аш говорила, что ничего нет важнее работы, а люди мне показывают совсем другое. И для них это обычно! Вот совершенно нормально, отчего мои глаза, наверное, очень большими делаются. А потом приходит папа, мама его обнимает, а он почему-то удивляется.

Я, наверное, соглашусь с бабушкой посидеть, потому что маме с папой поговорить надо, она сама так сказала, только мама качает головой: потом, мол, но я знаю же, что если надо — лучше сразу. Именно так я маме и говорю, а она в ответ меня чудом называет.

— Что будет дальше? — спрашиваю я бабушку.

— Завтра пойдем тебе детский сад показывать, — объясняет она мне. — Вначале мама с тобой посидит, чтобы ты не пугалась и могла понять, нравится ли тебе там.

— А если нет? — я просто не могу не спросить.

— А если нет, — улыбается она, погладив меня промеж ушек, что мне очень нравится, — тогда не будем туда ходить.

— Я... это необыкновенно, бабушка... — признаюсь я, не зная, как объяснить свои ощущения.

— Я понимаю, что для тебя это необычно, — мягко улыбается она мне, обнимая. — Но все плохое у нашего котенка уже закончилось, как и у мамы твоей, хотя и она ребенок еще.

Я задумываюсь. Мне сейчас совсем не хочется играть, а всего лишь сидеть рядом с ней и тихо урчать. И бабушка, у которой наверняка свои дела есть, все отлично понимает. Вот у нее есть свои занятия, а она сидит со мной, показывая, как я важна. Это дороже любых слов, потому что просто показывает, какие люди на самом деле. Они ничего не скрывают, не обманывают, не затыкают никого, а готовы воспринимать ребенка очень важным. Равным. Это, по-моему, просто не имеет цены.

— Мы разумные, внученька, — улыбается мне бабушка. — А разум не в пушках и звездолетах, он вот тут, — и она кладет руку мне на грудь.

Я даже не успеваю что-то ответить, потому что мамочка возвращается. Она в обнимку с папой идет и улыбается очень ласково. Я спрыгиваю со стула, чтобы бежать ей навстречу со всех рук, потому что это же мама! Только добежав, я понимаю, что на задних руках бежала, совершенно не задумываясь о том, что делаю. И мне вроде бы вполне удобно.

— Чудо мое, — опять называет меня так мамочка, беря на руки.

— Мама! Мама! А я на задних руках бегала! Почему так? — пытаюсь сформулировать вопрос, но получается у меня не очень.

— Потому что так на самом деле удобно, — улыбается она, прижимая меня к себе. — Ну что, пойдешь играть или домой?

— А можно домой? — негромко спрашиваю я, обнимая маму за шею.

— Можно, — мама прижимает меня к себе, и тут я вижу, что папа тоже изменился, только не внешне, а внутренне — он будто стал живее. Я потом мамочку спрошу, почему мне так кажется, хотя объяснить свои ощущения пока не могу.

Мама несет меня прочь, рядом и бабушка обнаруживается, а я думаю о том, каким будет детский сад. На экране я видела — это место, где играют, чему-то учатся и смотрят на разные места, чтобы было интересно, но мне и так интересно, поэтому я себе даже представляю с трудом, что будет, когда детский сад. Завтра я, конечно, увижу, но... Хотя нет, не страшно мне. Со мной рядом родители, бабушки и дедушки, поэтому я ничего не боюсь.

И ведь мне действительно совсем не страшно, а почему? Я задумываюсь, поэтому не вижу, куда меня несут, но только затем до меня доходит почему — потому что меня любят. Мама меня любит, папа, кажется, и еще бабушка, и все-все-все! Не за что-то, не потому, что я хорошая и умею то, чего не умеют другие, а вот так, за то, что я есть! Это необыкновенно, и я раньше ни за что не поверила бы, что подобное возможно, но меня действительно просто так любят...

Я хочу навсегда остаться в этой сказке, поэтому буду самой послушной девочкой на свете и никогда ни за что не огорчу мамочку!

Гармония. Десятое лучезара

Валентина

Новостей множество, и не все они сразу же до меня доходят. Я припоминаю вчерашний день, раздумывая об открытиях, как приятных, так и не очень. Мне кажется, я всего и не осознала совсем, но мне вот что понятно: у меня есть мама и папа, кроме того, ребенок есть, но я еще подросток, поэтому теперь работаю у тети Маши, а не в Дальней Разведке.

Самым большим сюрпризом были даже не уши, а факт того, что я подросток, то есть не совсем еще взрослая, ну и Ли. Лежа в кровати по причине раннего времени, я вспоминаю прошедший день, оказавшийся каким-то слишком длинным и полным сюрпризов. Сегодня Ксия попробует себя в детском саду, в нашем присутствии, конечно. И если получится — это окажется очень хорошей новостью. А передо мной встает прошедший день.

Вот я поднимаюсь из капсулы, осознавая произошедшие со мной изменения. Опаска есть, конечно, из-за того, как воспримут окружающие тот факт, что я... не человек, но мама сразу же обнимает меня, отчего я успокаиваюсь. Правда, внезапно оказывается, что память моя изменилась сильно, поэтому мне подумать надо. Но мама меня не отпускает, она рассказывает мне о моем муже. О том, кто такой Ли, при этом просто информацию сообщает, отчего я задумываюсь.

Ли — квазиживой другого мира, обретший разум. И если, обретя разум, он все равно со мной, значит, он меня любит. Я его тоже люблю, но я, получается, еще маленькая, хоть у меня и самая лучшая дочка на свете есть. Ли теперь знает, что я знаю, поэтому нужно с ним поговорить, чтобы он себе ничего не думал. Вот почему он говорил, что я не готова... у него просто строение другое, хотя я... К этому его месту я не прикасалась почему-то. Хотя понятно уже почему — я внутренне маленькая, и воспитание еще...

В первую очередь я, конечно, с Ли говорю. Ну, после того, как Ксию пообнимаю, потому что для нее мама сильно изменилась: у меня ушки заострились, лицо немного другое стало, хотя все вокруг ведут себя так, как будто ничего не поменялось, и я расслабляюсь, уже не думая о том, как меня воспримут. А вот муж, мне кажется, опасается этого разговора, поэтому я начинаю с главного.

— Ли, я тебя люблю, — сообщаю я ему. — Мне совсем неважно, живой ты или квазиживой, мне важен только ты.

— Спасибо, милая, — он обнимает меня так знакомо, прижимая к себе. — Мне сказали, что в отношении ко мне ничего не изменилось. И это... необычно.

— Для людей обычно, — улыбаюсь я. — Неважно, живой или нет, важен только разум.

Разговор у нас довольно коротким получается, потому что я Ли люблю, он меня тоже, и я просто беру его за руку и веду к доченьке. Мне кажется, Ли расслабился, будто его какое-то напряжение отпустило, да и меня тоже. Мои родители действительно погибли, только их убили на моих глазах, когда я совсем крохой была, а случилось это из-за моего дара. Оказывается, у меня был самый загадочный дар во Вселенной — дар творца, именно поэтому меня насильно изменили и «принесли в жертву». Но вот именно это и наводит на мысли. Дар я сожгла, пожелав оказаться у разумных, поэтому у меня его и не нашли, но вот сам факт того, что дар у меня был...

Существовала только одна, уже истребленная, раса, которая любой ценой пыталась уничтожить творцов. Люди называют их просто — Враг. Именно они отметились бессчетное число раз в нашей истории, принося боль и мучения детям, а учитывая, что котята, найденные нами, сплошь все творцы, то ситуация совсем нехорошая. Мама говорит: «Щит» разберется, и я ей верю.

Рассказать все Ксии оказывается непросто, поэтому это делает мама, а потом мы отправляемся домой, на Гармонию. Я себя очень комфортно рядом с мамой чувствую, и мне совсем не хочется с ней расставаться, по этой причине из Дальней Разведки меня уже перевели, и Ли тоже. Я теперь всегда с мамой буду, в группе Контакта, потому что так правильно. Тетя Маша сказала, что правильно, значит, так оно и есть.

Вот сейчас, вспоминая, как прошел вчерашний день, я очень хорошо вижу родных, близких мне людей, каждую минуту находившихся рядом, и от этого мне очень тепло на душе. А сейчас пора вставать. Ли уже встал и улыбается мне, показывая на кроватку, где изо всех сил «спит» наше волшебное чудо, самая лучшая доченька на свете.

Я подхожу к ее кровати, накинув на себя платье

на магнитных застежках, а затем беру на руки тихо пискнувшую доченьку. Глазки она не открывает, но сразу же урчать начинает, показывая нам свое счастье. Мне рассказали, в каких случаях малышки урчать начинают, и факт того, что Ксия реагирует так на мои руки, радует просто неимоверно.

— Доброе утро, малышка, — ласково говорю я ей. — Здравствуй, чудо мое!

Ксия раскрывает свои совершенно чудесные глаза, сразу же потянувшись руками обниматься, поэтому одеваться начинаем мы чуть погодя. Она и не помнит сейчас о наших планах, но за завтраком я ей, конечно, напомню. А пока мы одеваемся, гладимся и урчим. Если бы я умела, тоже за компанию поурчала бы.

— Ты прекрасная мама, — замечает Ли, тоже погладив наше чудо.

Ксия смотрит сначала удивленно, а затем полностью расслабляется, начинает улыбаться, рассказывает свои сны, в которых нет ни боли, ни памяти о прошлом. Затем нужно умыть котенка и отправиться завтракать — наша бабушка или даже прабабушка что-то очень вкусное, судя по запаху, сготовила.

С едой у котят было довольно грустно, поэтому многие блюда для Ксии в новинку. Но бабушка наша имеет опыт с тетями и с другими Винокуровыми, поэтому знает, как лучше всего разнообразить меню. Так что у нас запеканка сейчас, а затем мы полетим в детский сад, где нас уже ждут и воспитатели, и подружки, конечно. У Ксии появились подружки — они в госпитале познакомились, поэтому доченьке моей сейчас очень интересно и жутко любопытно. Мне, впрочем, тоже, ведь детского сада в моей жизни не было.

— Папа отвезет в садик, — информирует меня мамочка. — А потом, если все хорошо будет, — в развлекательный центр.

Этот центр — комплекс, в котором все сделано для развлечений, игр и хорошего настроения детей. Там работают не только наставники, но и реабилитологи, поэтому Ксии должно быть комфортно. Сегодня вывозной день, детсад отправится на экскурсию, а вот после часть детей в развлекательный центр прибудет. Мамочка говорит, что это сюрприз, поэтому надо потерпеть. Я согласна потерпеть, потому что мамочка же сказала!

Мария Сергеевна

Сказка у нас выходит сложной, не сразу понятной, но новые друзья легко идут на контакт. Хотя именно такого варианта, по-моему, не предвидел никто. Они играли роль родителей Ли, имея возможность подстраховать девочку, если бы мы оказались... не очень адекватными. Но и тут мы — Человечество то есть — их удивили, поэтому общение складывается нормально. Я приглашаю к разговору и Альеора.

— Скажите, а на чем девочка была отправлена в космос? — интересуюсь я, пользуясь своим даром.

— Небольшой космический корабль, — произносит Диа-Д, как он нам представился. — Вот такой конфигурации. Но жить долго в нем невозможно, несмотря даже на холодильник.

Тут мне ничего больше объяснять не надо, так как совсем недавно мы нечто подобное наблюдали. И такого вида корабль, только побольше, и «холодильник», и тех, кто его населял. Хотя в нашем случае мы имели немного другую проблему — искалеченных детей, а здесь сказка совсем иная, получается, но источник тот же самый. И вот наступает моя очередь рассказывать. Я вызываю на экран последовательно изображения улья Врага, его рабочих звездолетов и, наконец, внешний вид особей.

— Мы называем их Врагом, — начинаю я объяснения. — Созданные помощниками, они постарались уничтожить создателей, а затем — уничтожить всех с даром творца.

— Творца? — удивляется наш новый друг, что

вызывает внутреннее недоумение: для цивилизации, стоящей на такой ступени развития, наличие даров сюрпризом быть не должно.

Ну хорошо... Я рассказываю о многообразии даров, использовании их, применении в конкретных ситуациях и вижу — для них это сюрприз. Это мне кажется необычным, поэтому я поглядываю на Альеора, а он улыбается. При этом его улыбка, судя по моим ощущениям, наших гостей беспокоит. Незаметно оглянувшись на девушку с даром эмпата, замечаю скептическое выражение лица. Значит, тут что-то не то.

И вот стоит мне это понять, как речь начинает мой друг. Он говорит на незнакомом певучем языке, больше похожем на мелодию без слов богатством интонаций. Разум «Марса» ожидаемо выдает: «Язык неизвестен», а я понимаю, что он приступил к расшифровке, но пока мы можем только ждать. На мой взгляд, речь Альеора звучит несколько ехидно, а вот двое разумных выглядят пристыженными.

— И примите уже ваш канонический вид, — неожиданно на всеобщем заканчивает Альеор свою речь.

Вот тут я застываю на своем месте, не в силах выдавить ни звука — представившиеся представителями расы Диа вдруг начинают трансформироваться. Они визуально изменяются, становясь тоньше, будто откатываются назад по возрасту. Становятся другими и черты лица, делая их более юными. Несколько минут — и передо мной сидят двое подростков, с опаской поглядывающих на Альеора.

— Маша, с Архом свяжись, — негромко просит меня мой друг.

— «Марс», — сразу же реагирую я, — связь с Архом, срочно.

— Ждите, — сообщает мне разум звездолета через коммуникатор.

— И? — с интересом подняв бровь, смотрю я на Альеора.

— Это дети, Маша, — вздыхает он. — Просто нашалившие дети родственной нам расы. Поэтому они сейчас расскажут правду, а потом с ними поговорит их наставник.

— Но мы же... — негромко произносит, видимо, мужской представитель, который звался Диа-Д. Его совершенно человеческим жестом тыкает локтем в ребра похожая на девушку вторая представительница. Я понимаю: сейчас будут врать; подтверждает это и эмпат, сдержанно хихикая.

— Прежде чем вы опуститесь до недопустимой разумному лжи, — спокойно произносит мой друг, — вы должны учесть, что люди хорошо чувствуют подобные вещи. Правда, после этого с вами вообще разговаривать не будут.

Ответить они не успевают, потому что на стене включается экран, на котором я вижу хорошо знакомого мне Арха, сразу же изобразив руками жест улыбки. Он отвечает мне тем же, а затем приглядывается к двоим детям, которые, судя по тому, что я чувствую, играли. Но благодаря их игре выжила Валя, так что польза есть. Арх, скорее всего, информацию уже получил, значит, просто ждём его реакции.

— А вот у нас и потеряшки, — задумчиво произносит он на всеобщем. — Покинувшие древо без спроса и отправившиеся играть, не задумываясь о последствиях.

— Но воздаяния не было! — восклицает женская, насколько я могу судить, особь.

— Не было, — изображает щупальцами согласие наставник творцов. — Но лишь потому, что вы спасли жизнь, а на весах Мироздания этот поступок серьезней, чем совершенное вами. Но вашим желанием не было спасти жизнь, ведь так?

— Так, наставник, — кивает Диа-Д и, повинуясь жесту наставника, начинает свой рассказ.

Высокоорганизованная раса не уследила за своими детьми, такое бывает. Но сами дети, увидев, что именно собираются сделать с маленьким ребенком, ужаснулись. О спасении жизни они не думали — лишь о том, как помочь малышке, поэтому в определенный момент разбудили ее, принудительно активировали дар и помогли за счет него переместиться. Теперь они чувствуют себя ответственными за Валю... Это мне как раз понятно.

Но именно выясненное и позволяет разобраться, откуда взялся Ли и почему никто не обратил внимания на состояние Вали — так ее «защищали» два оболтуса — а также большую часть нелогичностей. Ли надо будет предложить изменение сущности, хотя в отношении взрослых мы на такое не идем, но тут у нас особый случай. В целом вопрос можно закрывать, потому что это не Контакт.

— Я заберу их на свой корабль, — улыбается Альеор. — Слетаю до родного мира и передам родителям. Спасибо тебе, Маша.

— А на каком языке вы говорили? — решаюсь я спросить.

— Это внутренний язык наших рас, — объясняет он мне. — Его нельзя использовать вне Скопления, но дети отлично меня поняли.

— Спасибо, Альеор! — от души благодарю я его, успокоенно выдыхая.

С Валей мы разобрались, теперь надо ее проэкзаменовать по курсу школы, чтобы дыры выявить, да и Ли тоже подучить, и пусть со мной летают. Незачем детей плакать заставлять, а она без мамы точно плакать будет. Импринтинг — штука сложная, по себе знаю. Кстати!

— Вера, — оборачиваюсь я к интуиту группы, — запроси, пожалуйста, «Щит» на тему обнаруженного во Второй эпохе.

— Уже, сестренка, — хихикает она. — Игруны взяли биографии реально живших людей для легендирования, а об электронном дублировании информации тех лет не подумали.

— То есть и тут без сюрпризов, — понимаю я. — Надо папе рассказать!

Хорошо, что тут у нас все разрешилось. Валя может жить своей жизнью, а котенок развиваться. С Ли мы решим попозже, у них генетический стопор на половые упражнения до определенного возраста, потому что эволюция вот так выкрутила проблему смертности, характерную для их расы. Так что время у нас есть.

Гармония. Месяц лучезар

Ксия

Я смотрю в его глаза и не понимаю, почему не могу отвести взгляд. Я уже третий день в детском саду, мама рядом, но сегодня она в электролете ждет, если вдруг я испугаюсь. Но я уже не буду бояться, потому что тут котят много, и тетя Таня — это наша воспитательница — меня и еще одну девочку попросила с котятами помочь, ведь они маленькие и не всё понимают.

Всеслава я знаю, он от меня вчера лопаткой получил, потому что... не помню, почему. Нас посадили вместе и объяснили, что драться плохо, а нужно разговаривать. Я же послушная девочка? Вот я с ним и разговаривала, а сегодня как будто что-то случилось. Мне кажется, он другим немножко стал — принялся мне с младшими помогать и вообще рядом постоянно. Может быть, я его вчера слишком сильно лопаткой ударила?

В детском саду очень интересно, мы здесь не только играем, но и учимся — по крайней мере, так получается, и на школу совсем не похоже. Нам разные ситуации предлагают и показывают, как в них поступать нужно, только не словами, а дают возможность подумать и решить. От этого я лучше понимаю, и котятам легче. Их вылизывать, конечно, нельзя, но можно гладить, а меня мамочка вылизывает специальной щеточкой, потому что люди не умеют сами, но мне все равно очень приятно и тепло от этого.

Иногда мне снятся не очень хорошие сны, про что-то темное и неправильное, а иногда — шепоток в темноте, рассказывающий о том, какое это сказочное существо — мама. Я рассказываю о них, но мамочка говорит, что у детей такое бывает, поэтому я снова спокойно лечу в детский сад. Все-таки, почему Всеслав себя так начал вести?

— Давай помогу, — предлагает он мне, когда младшая девочка из котиков плакать начинает. Ее Катя зовут, и она совсем одна была, потому что ее мама умерла, только-только успев ее родить, а Хиаш не было почему-то.

— Давай, — улыбаюсь я, потому что приятно, когда помогают. — Ну что ты, что случилось?

— Мама... — шепчет Катя сквозь слезы, и я все понимаю.

— Тетя Таня, позовите маму Кати, пожалуйста, — прошу я воспитательницу. — Ей страшно, что мама пропала.

— Мама не пропадет, — вздыхает тетя Таня, но зовет, конечно.

Катя сама захотела в детский сад, потому что увидела нас, играющих в Детском Центре, и хотя ее мама не хотела отпускать доченьку, но доверилась мнению ребенка. Это просто чудо, на самом деле, — взрослые даже самых маленьких считают равными, помогают, но не делают за нас. Можно попросить, чтобы покормили, например, но вот когда сама можешь, то не будут за тебя делать. И это сказка какая-то. А как они говорят с нами! Не «вырастешь — узнаешь», а «давай разберемся» или «тебе пока это будет трудно понять, я объясню попроще». Никогда не отказывают в ответе на вопрос и еще не врут. Меня ни разу не обманули, да и младшие о том же говорят.

— Ты их чувствуешь, — говорит мне Всеслав.

— Они, как я, — объясняю ему. — Ничего нет дороже мамы, а папа — это вообще сказка.

Сегодня после садика мы летим на природу, так

прадедушка сказал еще утром. Мне не хочется расставаться со Всеславом, поэтому я приглашаю его с нами. Он важно кивает и тянется к коммуникатору. Это браслет такой на левой руке, он у нас детский, значит, еще и защитник. Коммуникатор следит за здоровьем, за тем, чтобы мы не испытывали страха, потом в нем есть ассистент и связь, конечно. Если сильно испугаться — он на помощь позовет. Такие у всех, даже у самых маленьких, поэтому потеряться у ребенка не получится, просто вот совсем!

Очень много нас окружает чудес, и я стараюсь все их изучить, чтобы быть умной, потому что я же хорошая девочка! Сейчас Всеслав, которого можно просто Славкой называть — он сам мне разрешил — с родителями поговорит и скажет, можно или нельзя ему с нами. Они, конечно, еще и с прадедушкой разговаривать будут, но с нами его, скорее всего, отпустят, потому что мы все теперь Винокуровы, и я тоже.

— Мама разрешает, — сообщает он мне. — Так что я с тобой.

— Ура! — радуюсь я, потому что хорошо же, что его отпускают! Ой...

Я тянусь к моему коммуникатору, но он уже выдает изображение прадедушки, который хочет со мной связаться. Надеюсь, он не сердится за

Славку, потому что не хочется же расставаться. Мгновение помедлив, я трогаю зеленый сенсор.

— Ксия, здравствуй, — улыбается мне прадедушка. — С тобой сегодня летит Всеслав, поэтому мама заберет вас обоих, все поняла?

— Все поняла, — киваю я, улыбаясь от счастья. — Спасибо...

Прадедушка отключается, и тут я понимаю, зачем он со мной связался: чтобы я себя не грызла за то, что без спросу друга пригласила. Мои взрослые — они самые-самые! Поэтому я улыбаюсь и утаскиваю Славку играть. Раздумывать о том, почему он так себя ведет, мне больше не хочется.

А вот вечером, после ужина, ощущая небольшую грусть оттого, что Славка уже дома, а не рядом, я задумываюсь. Это немного странно, наверное. Ну то, что я грущу, а не то, что я думаю. Именно поэтому я иду к маме — спрашивать. К папе тоже можно, но мне мамочку хочется спросить, а если хочется, значит, все правильно.

— Мама, а сегодня Славка на меня странно смотрел и везде помогал, — сообщаю я самому родному существу на свете. Она откладывает наладонник, поворачиваясь ко мне.

— А ты что же? — интересуется мамочка.

— А мне грустно, потому что его нет сейчас здесь, — признаюсь я.

Мамочка начинает улыбаться ярче. Она обнимает меня, погладив по голове, и начинает рассказывать. О том, что сейчас это называется «дружба», которая может быть очень разной, и в том, что мне немножко грустно, нет ничего плохого, главное, чтобы мне было радостно со Славкой и мы друг друга не обижали. А еще она рассказывает, что такой друг — это очень ценно, и может так случиться, что на всю-всю жизнь. Так ведь здорово, когда на всю жизнь!

Поэтому я больше не расстраиваюсь, а думаю о завтрашнем дне. О сегодняшнем мы думать не будем, он уже прошел, а вот завтра... Завтра будет интересно, потому что у нас экскурсия на Кедрозор. Говорят, там есть настоящая сказочная изба и звери волшебные. Это так здорово, что я даже и не нахожу достаточно слов, чтобы объяснить. Я уже немного знаю сказки — не те, что нам рассказывали с экранов, а волшебные которые. И вот теперь я просто предвкушаю: какие они, сказки? Одно же дело читать, а совсем другое — самой увидеть. Очень хочется увидеть, поэтому я спать, чтобы завтра скорее пришло. И Славка.

Валентина

Пока Ксия в детском саду, который ей очень нравится, я думаю о том, что буду делать дальше. С одной стороны, я подросток еще, а с другой — уже и мама. То есть точно наземница пока, ведь малышка без мамы не сможет. И еще одна сторона есть — насколько я школьную программу знаю? Ведь экзамены у меня были только в виде тестов при поступлении в Академию, а этого мало. Надо, наверное, с прадедом поговорить…

— Валя, внучка, подь-ка сюда, — зовет меня бабушка, и я, конечно же, сразу выплываю из своих мыслей.

Ли сейчас отсутствует — он дела с Дальней Разведкой завершает, потому что нас-то перевели, но нужно вещи наши забрать, с сослуживцами попрощаться… Ну и по мелочи. Сегодня он будет только к вечеру, а я дома сижу. Вот я встаю и топаю в гостиную, желая узнать, зачем позвали. Выхожу и сразу вижу: сидит бабушка, и мама еще, и прадедушка тоже. А рядом с ними за столом еще трое мужчин неизвестной наружности обретаются.

— Здравствуйте, — произношу я, с интересом разглядывая неизвестных.

— Присаживайся, — предлагает прадедушка после приветствий. — Это у нас товарищи Си,

Залесский и Прохоров, они тебя протестируют на знание программы средней и старшей школы. Бояться не надо, ничего особенного не происходит.

— Я не боюсь, — негромко отвечаю я, потому что мне не страшно. Я дома, рядом мамочка, и ничего страшного произойти не может.

Присаживаюсь и сразу же получаю объяснение, при этом мне кажется, что мама опасается моей обиды, но обижаться тут не на что, ведь я сама только что о том же думала. Так и говорю, ведь интересно же, что я на самом деле знаю, а что нет. Мне выдают обруч, который надо надеть на голову. Я их помню — видела в Академии. Виртуальная реальность в полевых условиях, вот что это, поэтому только киваю, водрузив выданный обруч на положенное место.

В Академии экзамены на допуск так проводятся: сидишь в пилотском кресле, выводишь борт на стартовую, а тебе хлоп на голову обруч, и уже виртуальная реальность. Так что сейчас для меня сюрпризов нет — я сижу за столом в обычном классе, передо мной лист с заданиями. Они же отражаются и в окнах, так что отвлечься невозможно.

Смотрю в задания, привычно сосредотачиваясь, и начинаю работать. В этот момент мне кажется, что я от мира вообще отключилась —

отмечаю ответы, записываю решения, причем такое ощущение, что просто по библиотеке прохожусь. Видимо, понимает это и проводящий экзамен, так как задания исчезают и появляются ситуационные задачи, основанные, конечно, на учебном материале, но их вряд ли можно так просто решить. И вот тут мне становится намного сложнее, как-то мгновенно сложнее становится, отчего я в некоторые моменты чувствую, что сейчас заплачу, потому что не понимаю, что делать надо.

И вот, наконец, встречается задача, в которой я не все слова понимаю. Точнее, я знаю, что они означают, но вот смысл того, что надо сделать, от меня ускользает. Пропустить задачу не позволяется, а я уже дрожу вся, при этом не понимаю отчего. Не должна меня так пугать обычная задача, но... Тут все заканчивается.

Тихо шипит инъектор, я с трудом справляюсь со слезами, обнаружив себя в объятиях мамы. Мне отчего-то очень страшно, кажется даже, что меня сейчас прогонят и мама откажется, и... Я не знаю, откуда этот жуткий страх, но он не дает мне даже пошевелиться и сказать ничего не дает. Мне кажется, сейчас случится что-то ужасное.

— Тише, тише, доченька, ничего страшного не происходит, — разбивает тишину и мою панику мамин голос. Она прижимает меня к себе и гладит, как маленькую. — Все хорошо, малышка.

Я всхлипываю, и тут рядом садится бабушка, вместе с мамой закрывая меня ото всех. Я начинаю постепенно успокаиваться, совершенно не понимая, что со мной такое, зато, кажется, бабушка понимает. Она гладит меня, тихонько успокаивает вместе с мамой, отчего ужас, объявший меня, постепенно прячется.

— То есть уровень старшей школы, — заключает прадедушкин голос. — Значит, будет виртуальная школа, ибо знаний у внучки навалом, а практики использования нет.

И вот тут бабушка начинает мне спокойно объяснять, что знания у меня есть, и много знаний, только они как в библиотеке — я их использовать не умею совсем. Поэтому я начну в школу ходить — ну, точнее, лежать в капсуле, потому что без мамы почти не могу — чтобы научиться. Школа будет виртуальная, капсула учебная дома есть, и не одна, потому что не я первая.

— А почему я так испугалась? — спрашиваю я ее.

— Это детство твое непростое виновато, — вздыхает мама, погладив меня по голове. — Ты жила в колонии, отколовшейся от основного народа Альеора. Когда у тебя обнаружили дар, то принялись мучить, но делать это без мотива народ наших друзей не может физиологически, так что...

Семейную историю я уже знаю и только киваю — это у меня привычные реакции на что-то обнаружились. Мама мне покажет мнемограмму мою, когда я буду к этому готова, сейчас точно нет. Я это сама понимаю, и даже очень хорошо.

Подумав, я осознаю: знание мне в голову, скорее всего, просто вложили, причем как выжимку учебника. Для экзаменов этого достаточно, а вот для практики не очень, поэтому мне надо подучиться. Ничего страшного или неожиданного в этом нет, и вскоре я уже и спокойна. На самом деле, все ожидаемо: если я инопланетянка, то откуда бы у меня взялись умения, да и знания?

— А как долго мне в школу ходить? — интересуюсь я, радостная оттого, что будущее уже понятно.

— Года три, наверное, — задумчиво отвечает мне бабушка. — Заодно многому научишься, ну и параллельно будем тебя учить по специфике группы Контакта.

Это она мне показывает, что я в группе не формально, а просто временно на обучении. Потом буду работать рядом с мамой и пугаться перестану. Пожалуй, именно сегодня я поняла, что действительно являюсь ребенком: и страх, и реакции, и радость по поводу решившихся проблем мне очень хорошо мою детскость показали. Значит, хорошо, раз получилось именно так. Ой, Ли...

— Здравствуй, родной! — я вскакиваю, подбегаю к нему, желая обнять.

Он сегодня неуловимо другой. Я чувствую: что-то изменилось, но вот что именно, не понимаю. Ли обнимает меня, гладит по спине, а я все пытаюсь сформулировать свои ощущения.

— Она догадалась, — произносит бабушка.

— Доченька умница, — кивает ей мама, с улыбкой глядя на нас.

И вот тут в голову ко мне лианой заползает подозрение. Кажется, я догадываюсь, что изменилось, но ведь так не может быть! Или... может?

Гармония. Первое орбитала

Ксия

Очень незаметно промчалось время, уже и в школу пора. Нас очень многому в детском саду научили, не только буквам и особенностям всеобщего языка, но и самому главному — понимать друг друга. Вот я... ой, мы, конечно. Со Славкой само так получается, что мы почти постоянно рядом, поэтому я к нему привыкла уже. Незаметно вышло как-то, но теперь мы просто лучшие друзья, и расставаться с ним мне совсем не хочется. А еще он очень заботливый.

— Не размуркивай меня, — хихикаю я, когда он мягко меня за ушком почесывает. Мне это очень нравится. — Нам в школу пора.

— Люблю, когда ты урчишь, — признается

Славка, поэтому мы некоторое время обнимаемся. Ну он такой хороший, как его не обнять?

Родители Славки — тетя Ира и дядя Володя, они хорошие. Вот они привезли его к нам, чтобы мы вместе в школу полетели, спасибо им за это! И еще одну странность я за собой заметила: мне не страшно без мамочки, если Славка рядом, а вот если их обоих нет, то боязно почему-то, и папа помочь не может. Бабушка это знает, но говорит пока не думать, поэтому я не думаю. Когда мне исполнится двенадцать, можно будет мнемографирование провести, потому что ничего экстренного нет. Как это связано, я не знаю, но мне и неинтересно.

— Дети, в электролет! — зовет нас мамочка.

— Уже идем! — хором отвечает мы со Славкой, направляясь на выход.

У нас сегодня большой электролет, флотский, потому что вся семья идет провожать меня в школу, а Винокуровых просто очень много же. Транспорт у нас длинный, серо-синий, с эмблемами группы Контакта, поэтому у него везде приоритет. Чуть меньший, чем у врачей, но тем не менее. Я усаживаюсь в кресло у окна, а рядом со мной, конечно, Славка. Он спокойный очень, но это и понятно — мужчина все-таки. Так его дедушка называет —

«мужчина». И все равно, сколько ему лет, потому что это Славка же!

С шумом, разговорами наши и Славкины родные рассаживаются. Мамочка нервничает, поэтому попеременно нас с ним гладит. Мы все-все понимаем, поэтому я даже немножко урчу. Во-первых, мне хорошо на душе, а во-вторых, чтобы маму успокоить. И это действительно помогает, потому что она через некоторое время перестает волноваться, а там мы и причаливаем.

Школа делится на младшую, среднюю и старшую. Это разные школы, потому что в старшей уже и специализация какая-то, а в средней «углубленное изучение» есть, мне прадедушка объяснял. Это когда кто-то знает, что точно будет врачом или наставником, он может раньше учиться начать, чтобы времени не терять. Я еще маленькая, поэтому время решить будет, а Славка говорит, что он как я. Такой смешной иногда!

Школа — это большой белый кабачок. Ну, форма такая просто. Что там внутри, мы сейчас узнаем, а пока знакомимся с учительницей, даря ей традиционный подарок — цветы. Это древнейшая традиция, которую нельзя забывать, потому что без прошлого нет будущего. Прадедушка рассказывал, что в древности первоклашек проверяли на решимость получить знания — выстраивали перед школой в специальную фигуру, потом долго держали под солнцем или дождем под заунывные молитвы, и только после этого будущие ученики строем заходили в школу. Это называлось «парад». Хотя дядя Виталий — он недавно появился — так вот, он говорит, что не так все было, но я не слушала, как было, потому что боюсь ужасов Периода Неразумности, это неофициальное название той поры, когда Человечество не обладало Разумом.

— Прошу за мной, — предлагает учительница, приглашая нас в школу.

— Слава, присмотри за Ксией, — просит мамочка. Она беспокоится, я вижу.

— Присмотрю и накормлю, — твердо обещает мой друг, на что его папа ему большой палец показывает. Это люди так хвалят, я уже знаю.

— Удачи вам, дети, — кажется, родители это хором говорят, а мы, переглянувшись, топаем за учительницей.

Классов в школе немного, потому что вся школа — не больше трех сотен учеников, но нам в первый класс, пока еще на группы не разделенный. Об этом говорят на первых уроках, но я, конечно же, уже все знаю, потому что мне родители все-все рассказали, чтобы я не пугалась. Хотя я не пугаюсь, когда

Славка рядом, но мамочка еще опасается, ведь она тоже такая...

Войдя в красивую комнату, зовущуюся «класс», я усаживаюсь за парту. Она очень удобная, при этом автоматически регулируемая. Конечно, под управлением наших коммуникаторов. Стол и стул составляют одно рабочее место, и все устроено так, чтобы было удобно. Слева у нас окно, а справа шкафы, а еще...

— Здравствуйте, дети, — произносит наша первая учительница. — Меня зовут Валентина Петровна, я буду вас учить Началам. Кто знает, что такое Начала?

Я сижу тихонько, потому что бабушка сказала, что сначала нужно оглядеться, а только потом выделяться. Валентина Петровна, мне кажется, отлично понимает, почему мы все молчим, поэтому она и кивает с улыбкой, начав объяснять, что означает это слово. Начала — это чтение, письмо, счет и экскурсии, они зовутся «уроками внешнего мира». Так у нас будет два цикла подряд, а потом появятся предметы посложнее. Ну, насколько я объяснения поняла.

— Начала научат вас ориентироваться во времени, — мягко произносит учительница. — Затем считать, читать и писать, чтобы можно было перейти к более сложным вещам. Через несколько дней вы разделитесь на группы по интересам. Это сделано для вашего удобства. А почему нам важно ваше удобство?

— Потому что дети превыше всего, — громко и уверенно отвечаю я.

— Правильно, Ксия, — улыбается Валентина Петровна. — Дети — смысл нашего существования, будущее расы и всех разумных. И мы с вами сейчас поговорим о Разуме.

Самый первый урок запомнится мне надолго, я знаю это. Совсем скоро за первым уроком последует второй, и они сольются в череду дней, ни один из которых серым не будет, а пока я сижу, внимательно слушая свою учительницу. И Славка рядом сидит, поглядывает на коммуникатор. Он зачем-то сделал так, чтобы наши коммуникаторы были связаны, ну, чтобы мой рассказывал ему мое состояние. А я тогда сказала, что и мне такое надо, а то нечестно будет. Так что теперь мы знаем, как себя чувствуем!

Как только перемена начинается, передо мной оказывается завтрак. Творожные лепешки в черничном соусе. Я даже пискнуть не успеваю, а Славка уже обо всем позаботился, получается. Он у меня хороший, просто самый лучший!

Валентина

Время пролетает совершенно незаметно, вот и Ксия наша в школу идет. Она, кажется, и не заметила, как изменился Ли. Он очень хотел быть живым, чтобы... чтобы дети. Не знаю, как он убедил людей, но они пошли ему навстречу. Оказывается, Человечество это умеет — квазиживых в живых превращать, но редко и не всех. Но с Ли это получилось... Спрашивать, как именно, я не стала, ведь между нами все осталось по-прежнему.

Я укладываюсь в обучающую капсулу, рядом с которой мама сидит, чтобы подстраховать меня. Я уже вроде бы могу недолго без нее обходиться, но она все равно остается со мной, потому что беспокоится. А вот Ксия без меня вполне обходится, правда, только если рядом ее Славка, и это наводит на мысли. Нужно будет понаблюдать, конечно. Ой, урок...

Передо мной класс, полный детей. Я сижу за партой, на которой сейчас замечаю две кнопки — красную и синюю. Для паузы и прерывания урока соответственно. Сегодня у нас первый урок, он по традиции посвящен повторению Начал, потому что скоро экзамены за все циклы обучения. Начала у меня сейчас Ксия изучает — это базовые понятия.

Ну, читать и считать сегодня не заставят, а вот о некоторых структурах... Впрочем, это подождет.

— Здравствуйте, товарищи, — улыбается появившаяся прямо посреди класса учительница, рассмотреть которую задумчивая я не успела. — Сегодня вы будете рассказывать мне Начала. Представьте, что перед вами младшие, ничего о людях не знающие, и вот они пришли в школу...

Мои соученики исчезают, а прямо передо мной и вокруг меня возникают дети возраста моей Ксии. Они смотрят на меня, буквально пронизывая взглядом, но я не теряюсь. Просто представив, что передо мной Ксия с ее Славкой, я очень ласково улыбаюсь проекции, начав говорить. Традиционно первые уроки посвящены летоисчислению, потому что с Прародины люди взяли лишь количество часов в сутках да дни недели, а вот все остальное совсем иное. И десять недель в месяце, и десять месяцев в году. Это универсальное время, с которого все начинается, потому логично и Начала...

— Год традиционно начинается с месяца новозар, символизирующего новые начинания, — начинаю я свой рассказ после приветствия учеников. — В этом месяце проходят традиционные зимние игры на Синьдао, заканчиваются каникулы и начинается новый цикл.

Меня, разумеется, слушают, но при этом

картинка не статичная, что говорит об управлении квазиживым, а это очень серьезно. Что же... Я рассказываю о лучезаре, символизирующем свет и энергию звезд, приходит очередь и метеона, за которым следует и тот месяц, что начался сегодня. Орбитал, традиционное начало школьного цикла, как когда-то выход на орбиту планеты стал первым шажочком на пути к Звездам.

— Впервые Человечество заглянуло в космос, будучи еще совсем дикими — в Темных Веках, — продолжаю я свой рассказ. — Первым шагом к Звездам стал вывод на орбиту Прародины сделанных людьми аппаратов, оттого четвертый месяц мы зовем орбиталом. Самыми первыми аппаратами, почувствовавшими на себе дыхание Пространства, стали искусственные спутники планет, отчего пятый месяц года носит название Спутник. Традиционно в этом месяце проходят школьные внутрисистемные экскурсии. Следующий месяц...

— Стоп, — иллюзия исчезает, и я снова вижу нашу учительницу, имя которой запамятовала. — Отличная работа, Валя. Вы справились.

— Спасибо, — улыбаюсь я, радостно потому что.

— И что теперь?

— Теперь мы подождем ваших коллег, чтобы разобрать ошибки, — объясняет она мне, но затем, как-то воровато оглядевшись, включает совсем другую проекцию.

И я начинаю улыбаться, вдруг увидев доченьку. Видимо, у детей сейчас перемена, потому что чрезвычайно серьезный Слава кормит йогуртом явно капризничающую Ксию. Дочка не беспокоится, а скорее играет, что заметно. Значит, ей там очень комфортно, и это хорошо, даже на душе стало полегче. Наблюдать за детьми радостно, конечно, очень они смотрятся хорошо. Забота мальчика мне хорошо видна, хотя он, скорее всего, копирует своего отца. Значит, хорошо воспитали ребенка, что достойно уважения.

Тут проекция гаснет, а я обнаруживаю своих одноклассников. Часть из них выглядят виновато, значит, просто не смогли собраться с мыслями, что, кстати, вполне может быть, не у всех же есть младшие сестры, да и дети. Тинг Шаньевна, вот как учительницу зовут! Она смотрит с улыбкой, предлагая задавать вопросы, а потом начинается разбор ошибок.

Урок заканчивается совершенно неожиданно, отчего я некоторое время просто лежу в капсуле, хлопая глазами, но затем ласковая мамина рука возвращает меня в реальный мир. Я ее, разумеется, ловлю, эту руку, отчего мама хихикает.

— Ну как школа? — интересуется она.

— Здорово, — совсем по-детски отвечаю я.

— Вот и хорошо, — расслабляется она, потянув меня прочь из капсулы. — Пойдем, поешь.

Поесть — это очень хорошая идея, кстати. Но вот теперь я понимаю: все плохое закончилось. Теперь будет только хорошо и комфортно, потому что мы разумные существа. Значит, у меня впереди несколько циклов школы, а затем будет и Академия, наверное. Не Разведки, потому что там я честно отучилась, а совсем другая. Для работы в группе Контакта надо очень многое знать, поэтому меня будут учить старшие тети. Так принято в группе Контакта, я уже знаю.

Ксия, судя по всему, спокойно учится, значит, с ней тоже все хорошо. Вот только сны у нее иногда необъяснимые, и надо будет с ними разбираться, если это не игра воображения. А пока у нас... Ой! Прабабушкин борщ! Все, я потеряна для мира. Прабабушка готовит сама, руками, без синтезаторов и квазиживых, и выходит у нее так, что можно тарелку сгрызть, настолько все вкусно.

Я ем, раздумывая о том, что будет дальше. Ощущать впереди жизнь, в которой кроме Ли, сейчас опять куда-то умотавшего, есть семья и ребенок, просто необыкновенно. Я еще немного мечтаю о том, как мы будем с мамой вместе вести Контакт. Борщ очень вкусный, мечты сладкие просто, потому я просто наслаждаюсь, хотя пройдет немного времени, и Человечество встретится с еще одним вызовом. Это все знают, ведь мы находимся в постоянном развитии, а чем выше уровень, тем больше и интереснее вызовы попадаются. Есть даже закон, объясняющий это явление.

Что же, как папа говорит, поживем — увидим, а пока у нас после обеда еще урок, а потом и Ксия из школы примчится, чтобы порадовать маму и папу рассказами о том, как ей там нравится. Хорошо же?

Гармония. Несколько циклов спустя

Ксия

Ой, а что я знаю! Мы на экскурсию летим, на Кедрозор, всем классом! Прямо завтра летим, потому что кратерий же на дворе. Уже столько времени прошло, скоро мы со Славкой младшую школу закончим. Совершенно незаметно время пролетает, вот, кажется, совсем недавно я впервые вошла в наш любимый класс, а вот мы уже и выросли.

Мама и папа договорились с тетей Ирой и дядей Володей, так что мы часто со Славкой вообще не расстаемся, как сегодня. У нас даже кровати рядом стоят! Мы желаем друг другу сладких снов, и я закрываю глаза, чтобы сладко спать, а утром экскурсия будет! Поэтому я вся такая в предвкушении...

Наверное, поэтому мне снится сон о космосе. Я вижу разные планеты, даже нашу орбитальную станцию, а потом от нее отходит экскурсионный звездолет. Его ни с чем не перепутаешь, потому что он полупрозрачный. И вот он медленно отходит, а мне кажется, что я даже себя вижу, потому что уверена, что там мы со Славкой.

Вот он ныряет в субпространство, а я лечу куда-то вперед, но не в серости измененного пространства, а совсем даже наоборот — мимо планет и звезд, при этом быстро-быстро как-то получается. И вот я вижу Кедрозор. Его легко узнать, потому что станций у него две — из-за завода, который тоже на орбите, и еще мигающие огоньки выстраивают надпись «Лукоморье». Это волшебный мир в заповеднике Кедрозора так зовется. Там живет сказка, в которой мы обязательно побываем. Эту сказку придумали тоже Винокуровы, потому что надо было для чего-то, а для чего, я и не знаю.

И вот я вижу, как в системе совсем недалеко от планеты появляется экскурсионный звездолет. Он начинает облет планеты, а я все не могу понять: почему я это вижу, да еще и со стороны? Что может быть в той стороне, в которой я это вижу? Однако ответа на вопрос нет. Вместо этого я замечаю, что у звездолета начинают работать основные двигатели, но смысл этого не понимаю, а затем... Он резко вонзается в атмосферу, летя вертикально вниз, откуда тотчас же поднимается густой клуб дыма. Мне становится жутко от этой сцены, я представляю себе, что Славка погиб, и кричу изо всех сил.

— Ксия, Ксия, что случилось?! — я открываю глаза в руках Славки.

— Живой... — шепчу я, обнимая его изо всех сил, и начинаю плакать.

В спальню вбегают взрослые, а я обнимаю его и не могу ничего сказать, потому что просто реву от страха. Славка прижимает меня к себе, ну я еще за него цепляюсь, потому что испугалась сильно того, что его больше не будет. Мамочка подбегает и обнимает нас обоих, а затем в нашу комнату даже прадедушка входит. Славка дает мне что-то выпить, наверное, ему взрослые дали, а я просто не могу ничего объяснить, меня трясет.

— Так, — слышу я голос прадедушки. — Фэн! Свяжись со штабом Флота — на завтра все экскурсии отменить, у всех.

— Понял, — негромко отвечает ему кто-то. — А сейчас что?

— А сейчас летим на «Панакею», — приказывает он. — Детей не расцепляем, все очень бережно. Известите родителей Всеслава.

— Да не расцепишь их... — вздыхает прабабушка, и все выходят.

Остаются только мамочка и бабушка, чтобы нас переодеть, ну, меня, конечно. Я же испугалась очень сильно, вот и не выдержала, но Славка никак не реагирует, он меня гладит, поэтому мне все равно, что со мной делают, главное, чтобы он был. Очень важно, чтобы он был, потому что иначе я не согласна. Ни на что не согласна. Мне кажется, это понимают, и очень бережно с нами обращаются.

Я ничего не воспринимаю, а Славка будто все понимает: он меня обнимает и не пытается вырваться, хотя я ему, наверное, временами больно делаю. Но мне все равно страшно. Кажется, если отпущу его, то он исчезнет. А тут у меня дополнительная проблема обнаруживается — ноги не держат совсем, но пугаться еще и этого нет сил. Нас обоих несут на руках. Фэн несет, он квазиживой, и ему не тяжело.

— Не умирай, — прошу я Славку. — Я не смогу без тебя...

— Я не умру, — обещает он мне, оглянувшись на взрослых.

И вот мы уже в электролете. Все делается очень быстро, только мамочка всхлипывает — она за меня испугалась очень. Я бы тоже испугалась, но для меня сейчас важен только Славка, и все, а взрослые улыбаются нам, стараются успокоить, но при этом действуют очень быстро.

— Навигатор, экстренно в пространство, запрос аварийного коридора на «Панакею», — командует дедушка, кажется. — Опасность для жизни ребенка!

— Опасность для жизни ребенка, — подтверждает навигатор электролета, а затем меня вжимает в кресло, значит, ускорение значительное.

Деда дал самый важный сигнал из всех, которые существуют, поэтому сейчас весь наш маршрут очищается от других кораблей, только чтобы мы побыстрее попали на «Панакею». Почему именно на нее, я не знаю, да мне и не важно. Мне ничего не важно, кроме Славки.

— Мама, а что сейчас будет? — жалобно спрашивает мама бабушку.

— Мнемограф будет, — вздыхает она. — Судя по всему, внучка рассказать не сможет, а ситуация экстренная.

Мнемограф — это такой прибор, который может в голову залезть и дать увидеть все то же, что я видела. Это очень хорошо, потому что рассказывать не придется. Так странно, прошло всего несколько циклов с самого первого урока, в которые вообще ничего не произошло, только мы со Славкой стали близкими друзьями, и вдруг...

Теперь я понимаю, что без него совершенно не могу, но почему так происходит, не знаю совсем. Надо будет потом мамочку спросить, потому что сейчас я не могу расцепиться со Славкой, вот никак. С этой мыслью я засыпаю, но мне ничего не снится. Кажется, что я просто плыву в чем-то вязком, при этом чувствуя Славку рядом. И пока я его чувствую, все в порядке.

Такое ощущение, что проходит год или даже два, прежде чем я открываю глаза. Я лежу в какой-то капсуле, и сначала пугаюсь, что Славки нет, но затем вижу его лицо прямо надо мной. Он просто необыкновенный и очень по-доброму улыбается, поэтому я просто протягиваю к нему руки, чтобы обнять, как только крышка капсулы уходит в сторону.

— Чудо ты, — говорит мне Славка, помогая выбраться из капсулы, в которой я одетая лежу.

Он гладит меня так, как мне нравится, отчего я тихо урчать начинаю, и ведет затем на выход. Мы оказываемся в круглой такой комнате, где очень много взрослых сидит, но мне совсем не страшно. Я вижу сразу же бросившуюся к нам мамочку, и тянусь обнять ее свободной рукой, а она будто облаком теплым накрывает нас обоих, обнимая. И я начинаю чуть громче урчать, потому что счастье.

Мария Сергеевна

Сигнал папы будит меня моментально. Учитывая, что сейчас четыре утра, — точно что-то случилось. Я подскакиваю на кровати, моментально отвечая на звонок. Глаза самого близкого моего человека, появившегося на экране браслета, полны тревоги, и говорит это о очень многом. Давненько не видела я такого выражения у него.

— Да, папа? — отвечаю я, уже в темпе одеваясь.

— Маша, ты мне нужна. Мы скоро будем на «Панакее», с Ксией не очень хорошо, — быстро, но как-то довольно спокойно произносит папа.

— Вылетаю, — коротко отвечаю я ему. — «Марс», скоростной готов?

— Скоростной готов, — соглашается со мной разум звездолета. — Запрошен экстренный на Гармонию.

— Спасибо, — улыбаюсь я, выбегая из каюты.

Девчонки смотрят на меня с удивлением, но мне некогда — я практически влетаю в подъемник, сразу же начавший движение. Тут говорить не о чем: разум корабля все знает и ведет меня куда надо. Мелькают уровни, но я не рассматриваю их, мне надо понять, что случилось. И тут до меня доходит: папа возвратник же!

Выскочив из подъемника, быстро бегу к вытянутой игле скоростного корабля, стартующего, едва лишь я вваливаюсь в рубку. Быстро отойдя от «Марса», ведомый квазиживым скоростной падает в гиперскольжение.

— Экстренный на Гармонию, — уведомляет меня разум корабля.

— И коридор на «Панакею», — добавляю я, точно зная, что он все слышит.

Что-то произошло с котенком Ксией, которую удочерила сестренка. Что с ней могло случиться, учитывая, что сейчас ночь? Чем «Панакея» от Детской отличается? Я напрягаю свое логическое мышление — дар-то молчит. Я не универсал, а речь о члене семьи идет, так что сейчас только логика. А вот она говорит мне, что только сон возможен, потому как тащить котенка на «Панакею» мотив ровно один — мнемограф. Учитывая папину тревогу, сюрпризы будут. Понятно, кстати, чего меня дернули: я лучше всех с прибором управляться умею, хотя обычно полно специалистов и без меня, но раз папе нужна именно я, то... хм...

— Выход, — вежливо сообщает мне разум звездолета. — «Панакея» открыла экстренный. Три минуты.

Это время до стыковки. Очень интересно, что происходит-то? Нужно будет папу расспросить, а пока... Пролетают минуты, мягкий толчок возвещает о стыковке, и я снова бегу. Если я права — то на шестнадцатый уровень, а если нет — мне ткнут пальцем.

— Внимание! — включается трансляция госпиталя. — Опасность для жизни ребенка! Освободить проход до мнемографа.

Вот так даже... Одно приятно — я права. Со мной здороваются, узнавая, а я вбегаю в подъемник. У меня есть несколько секунд, чтобы осознать: проблема очень серьезная, просто так этот сигнал не подается. Почему тогда я? Может быть, из-за интуиции, может, из-за телепатии, но... Сейчас увидим.

— Маша, — включается коммуникатор на внутреннюю связь, а папа по-прежнему спокойным голосом говорит, — детей мы усыпили. Ксии приснился сон, от которого она едва не устроила нехорошие вещи. Вцепилась в своего Всеслава, прося его не умирать. Я прошу тебя глянуть не только сон, но и глубинную память.

— Я поняла, папа, — понятливо киваю я.

Теперь ясно, почему я. Такие вещи в отношении ребенка надо жестко обосновывать, а решение главы группы Контакта — железное обоснование.

Значит, папа чувствует, что разгадка в прошлом ребенка. Учитывая историю расы — не приведи Звезды, но нужно работать, и работать серьезно. Теперь я хорошо представляю, что буду делать.

Вот доставляют двоих детей, расцепить которых почти невозможно. Я и не пытаюсь, просто подкатив шар ментоскопа к котенку с прижатыми к голове ушками. Испугалась сильно малышка, оттого и прижаты ушки. Бледненькая, но в мальчика вцепилась... Надо будет глянуть тоже... Сначала выясню, что приснилось маленькой, а потом пойду вглубь.

Я внимательно смотрю на то, как экскурсионный звездолет, полный детей, включает маршевый почти в атмосфере, при этом пытаясь сопротивляться ему двигателями ориентации, но не преуспевает, буквально втыкаясь в планету. С трудом сдержавшись, вызываю на коммуникатор расписание экскурсий и состав оных. И вот тут мне нехорошо становится: звездолет воткнулся в «Лукоморье», где в это время должны быть еще две экскурсии, причем суммарно получается, что больше половины — котята. Мой палец трогает сенсор с изображением щита.

— Дежурный, — сразу же реагирует на меня щитоносец. Ну да, он знает, с кем соединился.

— Боевая тревога, — спокойно сообщаю я ему.

— Сотрудника на «Панакею», все экскурсии запретить, звездолеты заблокировать и тщательно осмотреть. Вылетевших — вернуть.

— Экскурсии запрещены Наставником, Мария Сергеевна, — отвечает он мне. — Какой класс тревоги?

— Опасность для жизни детей, — констатирую я, понимая: этого сигнала хватит, чтобы поднять на ноги вообще всех.

— Сигнал принят, — ошарашенно произносит дежурный Щита. — Сотрудник в пути.

Вот и хорошо, а я пока посмотрю глубже. Тихонько, медленно и бережно, чтобы не нарушить связей, мне нужно увидеть то, что чувствует папа. Очень плохая у нас ситуация выходит, очень. Могло ли увиденное Ксией быть простым кошмаром? Нет, я сразу вижу: она дар свой использовала, дар творца. Неосознанно, но использовала, хотя раньше он у нее себя не проявлял, кроме случая с Марфушей. А с даром не спорят, ибо спас он, выходит, сотни три детей.

Сейчас объявляется тревога и выполняются мои распоряжения. При этом на связь ни Флот, ни Щит с ходу не выходят, что логично, да и помешают они мне сейчас. А я пока работаю, погружаясь во все более глубокие слои памяти, ибо с детьми это особенно сложно. А у нас не просто ребенок, а котенок, у которого ассоциативные связи чуть иначе работают. Но мы, разумеется, найдем...

Тихо жужжит мнемограф, меня подстраховывают педиатры, отлично понимающие, что именно я делаю. Они думают, что осознают еще и почему я это делаю, ибо предыдущие картины видели все. Странно, почти нет ничего... А если время перед тем, как Валя обрела маму? Я сдвигаю сенсор тонкой настройки чуть дальше чем нужно, и вдруг...

— Мама может нарычать и укусить, только ты все равно для нее самый-самый, — слышится шепоток во тьме. Говорит девочка лет, наверное, десяти или старше. — Она не всегда может показать, но самое главное...

И я вдруг понимаю, что услышала Ксия. Смущает, правда, тьма, но я начинаю искать вокруг обнаруженной области. Вскоре мои поиски увенчиваются успехом, позволяя услышать разговор, который Ксия и не поняла, зато понимаю я. Это был тоже ее дар, пока малышка находилась в беспамятстве, показавший ей очень важные вещи, а вот теперь нам нужно действовать. Только все ли так просто?

Гармония. Шестидесятое кратерия

Мария Сергеевна

Похоже, перед нами еще один вызов. Перед Человечеством, в смысле. Я внимательно прохожусь по мнемограмме, тяжело вздыхая и оглядываясь на молча стоящего рядом щитоносца. Вот того, что неведомый сотрудник Щита окажется самим Феоктистовым, я, пожалуй, не ожидала. Но это и логично — я же с высоким приоритетом позвала…

— Таня, — отвлекаясь от мнемограммы, зову я сестренку, она у меня детский доктор, — мальчика можно будить, и пусть родители объяснят ему, что такое «импринтинг».

— Да что ты! — ахает Танечка. — Когда успели?

— Ксия во сне увидела гибель своего Всеслава, — объясняю я сестренке. — И почувствовала. Она творец.

Сестренка моя любимая от таких новостей сдержаться не может, воспользовавшись традиционными флотскими оборотами для выражения своего удивления. Понять ее можно: детям едва-едва одиннадцать, судя по коммуникаторам, а импринтинг — не шутки, да еще на потерю. Так что весело будет всем. А у нас пока другие сказки — дар малышки позволил ей увидеть... Ну, практически это или лаборатория, или концлагерь, если судить по отрывочным картинам. Но содержались там именно котята, и, похоже, убить хотели именно их. Но оброненная фраза о богах говорит мне многое. Память у меня хорошая, Витькину эпопею я помню.

— Боги... проклятие... — задумчиво произношу я, оглянувшись на напряженного Феоктистова. — Игорь Валерьевич, как считаете, могли ли назвать «проклятием» дар творца?

— Ты считаешь... — ему явно становится не по себе, а я думаю о других котятах, не о Ксии, выводя интуитивный дар на отвлеченную от семьи тему. — Тогда «боги» — это Враг.

— Не в первый раз, заметьте, — отвечаю я, еще

раз прослушивая разговор. — При этом язык не Ка-энин, а очень даже нам всем знакомый.

— Тогда все наши дети в опасности, — делает простой вывод щитоносец. — Собирай аналитиков своих, надо думать, а пока...

— А пока смотрим дальше, — киваю я.

Мне очень интересно, почему Ксия подумала о нехорошем, встретив Валю в первый раз. В отличие от ребенка, я взрослая опытная женщина, поэтому вижу, что объяснение, данное ею себе, несколько неправдоподобно. Причина такой реакции может найтись в раннем детстве, вот ее я и ищу. Игорь Валерьевич, кстати, очень хорошо осознает, что я делаю, но это и понятно — опыт у него тоже есть.

Малышка восприняла разговор с Валей совсем не так, как другие котята. Статистика у меня, разумеется, есть, но почему-то Ксия зациклилась на вылизывании, хотя в других случаях подобного не встречалось. Это значит — что-то в ее прошлом было. И вот я ищу, но никак не могу найти. «По дороге» замечаю направленную травлю и запугивание в школе. У котенка создавали уверенность в том, что ее будут бить, если она сделает что-то не так, хотя у Ка-энин совершенно не принято воспитывать болью.

— Вот оно, — первым видит нужный отрезок щитоносец, и мне становится не по себе, потому что так затирать память умел только Враг — повреждая мозг.

Мы не узнаем, что именно было в исчезнувшем участке, но именно после него появляются устойчивые реакции, а это нормой быть не может. Кроме того, я чувствую, что в опасности все котята, а значит, все наши дети, ибо разницы для нас нет. Подняв голову, я смотрю в глаза все понимающему щитоносцу.

— «Панакея», — обращается он к разуму звездолета. — Код три девятки, две шестерки, буки. Передать на ретрансляторы сигнал: «Опасность для Разумных».

— Выполняю, — коротко реагирует «Панакея». Разум госпиталя, конечно, удивлен и кодом, и приказом, ибо подобные приказы просто так не отдаются. Немедленно на связь выходит командование Флотом, а я задумываюсь о том, что это может значить. Как Враг мог пробраться внутрь обжитых систем. Или... это не Враг.

— Игорь Валерьевич, — негромко произношу я, и он замолкает на середине фразы, отдавая все внимание мне, — надо проверить всех Ка-энин, кто взаимодействует со звездолетами, особенно старших.

В следующие несколько минут щитоносец показывает отличное знание традиционного флотского языка, в кулуарах называющегося еще «вторым командным». Откуда пошло это название, я, впрочем, сказать не могу, тут папу спрашивать нужно. Но обороты закручивает главный щитоносец, конечно, серьезные. Мне еще учиться и учиться такому.

Сразу же начинается шевеление, а к опустевшей планете котят устремляются звездолеты Флота. Необходимо найти хоть какие-то следы, хоть что-то, только кажется мне, что действовать нужно совсем иначе, и с этим своим ощущением я ничего поделать не могу. Тут поступает сигнал о том, что «Марс» пристыкован к «Панакее», значит, мне пора. Передав ребенка Танечке, быстро убегаю к себе, ибо мне нужны девочки.

— Просьба подробностей от Альеора, — сообщает мне коммуникатор голосом Лерочки.

— Мнемограмму ребенка перешли, — отдышавшись, отвечаю я. — Уточни, что котенок — творец, как и большинство у них там.

— Мамочки... — реагирует отлично понявшая, что это значит, Лерка.

Пока я иду на «Марс», есть возможность подумать. У меня сейчас есть просто жуткое подозрение, касающееся произошедшего на планете котят на самом деле. И если я права в этом подозрении, проблема у нас намного большая, чем я себе представляла. А ну, стоп! Я трогаю пальцем сенсор.

— Папа! У нас проблема! — восклицаю я.

— Да я догадался, — вздыхает тот, кого многие зовут просто Наставником. — Что?

— Котят, особенно взрослых, надо на мнемограф, придумай, как обосновать, — прошу я папочку, уже ступая в соединяющую корабли галерею.

— Чего проще, — усмехается он. — Объявить о проверке на вирус, кстати, и провести ее. Ну и в рамках обследования...

— Ура! — коротко реагирую я, пересылая разговор Феоктистову, точно зная, что он поймет.

Мы сейчас с девочками соберемся и будем думать, откуда мог взяться Враг и как его уничтожить. Сильнейшие интуиты и эмпаты Человечества будут искать выход из создавшейся ситуации. Меня не покидает ощущение, что все не так просто и главное испытание нашего Разума еще впереди. Хотелось бы, чтобы это было не так, но чувствую я — все только начинается.

— Девочки! — широким шагом я вхожу в зал совещаний группы Контакта. — Выбираем себе по котенку из младших и внимательно думаем, кому и за что хотелось бы его убить. У нас три нуля, сестренки.

Три нуля — код опасности для всех Разумных, поэтому на загоревшихся экранах я вижу и наших друзей. Они получают сведения с моего коммуникатора, готовые вместе с нами решать возникшую проблему. Сестренки мои напряженно думают. Я знаю, мы найдем причину, ведь мы разумные.

Валентина

Я просыпаюсь от страшного, просто жуткого крика Ксии. Столько боли в нем, искреннего горя, непредставимого для ребенка! Я буквально слетаю с кровати, чтобы поскорей обнять свое дитя. Вбежав в комнату, вижу, как малышка цепляется за Славку, и осознаю — всё не просто. Что-то запредельно-страшное приснилось ей.

Становится людно. Я же обнимаю обоих детей, сделавшихся этой ночью явно неразделимыми. Я о таком только слышала, кстати, но очень хорошо понимаю: разделять Ксию и Славку не следует. Мамочка кивает мне, а потом все закручивается в какой-то необыкновенный водоворот. Я вижу просто отрывочные картины: одеваю ее, хочу унести, но меня Фэн останавливает, беря обоих детей на руки, а затем мы в звездолете, где звучит очень страшное сообщение. С такими сигналами не шутят, значит, что-то крайне серьезное случилось. Только я почему-то еще не поняла, что именно.

И вот уже электролет несет нас к «Панакее». Я знаю этот звездолет. Госпиталь. Военный мобильный госпиталь Флота. И то, что мы летим именно туда, говорит об очень многом — дедушка совсем не хочет рисковать. В процессе полета бабушка осторожно и совершенно незаметно погружает в сон обоих детей. Спасибо ей за это, потому что Ксия дрожит так, что мне очень за нее страшно уже.

— Ксия на Славку, похоже, запечатлелась, — замечает бабушка.

— Как мы на папу, — с улыбкой кивает мама. — Очень похоже.

Она обнимает меня, начиная негромко объяснять, что такое «импринтинг», а я только киваю, потому что к этому моменту уже все понимаю сама. Только, чтобы подобное случилось, одного сна недостаточно... Или? Я задаю этот вопрос маме, на что она гладит меня по голове.

— Дети и так были очень близки, — объясняет она мне. — А Ксии приснилось что-то очень для нее страшное. Учитывая, что вцепилась она во Всеслава, а не в тебя, это, скорее всего, его гибель. Понимаешь?

— Ой... — только и отвечаю я, потому что теперь очень даже понимаю.

Если во сне он погиб на ее глазах, то условий для импринтинга, учитывая отличия котят от людей, более чем достаточно. Надо связаться... Но об этом уже, наверное, бабушка подумала. Но мне тоже следует, потому что я мама. Вот долетим, и сразу же!

Детей увозят к медикам, а я беспокоюсь о них обоих так, что сосредоточиться не могу, поэтому меня в руках Ли держит. Он меня негромко уговаривает не волноваться, не думать о плохом, я честно пытаюсь, но не могу. Сегодня Ксия хотела лететь на экскурсию, она так радовалась этой возможности, но, похоже, отменилось все у доченьки.

Коротко пищит коммуникатор, высвечивая ровно одно сообщение, точнее даже код. Я как бывшая уже разведчица его, конечно, знаю. От трех нулей на экране прибора мне становится очень нехорошо, потому что это опасность для разумных, для всех, а не только для нас. И даже тот факт, что Ксия к другой расе принадлежит изначально, именно такого кода не означает. Что-то угрожает всем разумным!

Информации у меня нет, но так просто тревогу не объявят, что значить может очень многое. Пока меня не дергают по работе, я сижу спокойно, а затем к нам Славка присоединяется. Ой, у меня же нет работы в Разведке больше, наверное, поэтому и не дергают. Тут только я замечаю родителей Всеслава, смущенно поздоровавшись с ними. Они сейчас обнимают сына, явно желающего отправиться обратно. Беспокоится он о своей Ксии. Я уже вижу все, но не могу понять: у него-то почему это произошло?

— Мама, — поворачиваю я голову, — а у Славки тоже запечатление?

— Не совсем, — качает она головой, показав глазами на мальчика.

— Она так плакала, мама, так боялась... — рассказывает Всеслав. — Ксия увидела мою... смерть и едва не умерла сама, понимаешь?

— Она запечатлелась, сынок, — негромко произносит Ира. — Ты знаешь, что это такое?

И она, не дожидаясь его ответа, начинает рассказывать. В какой-то момент я вижу — Славка что-то для себя решает, а потом уже мягко освобождается от маминых объятий, очень быстро убегая обратно. Я понимаю, он волнуется за Ксию, и очень ему за это благодарна, ведь моя малышка уже не сможет жить без него. Как-то очень быстро Всеслав это понял...

И вот они выходят вдвоем. Звезды великие, как

они смотрятся рядом! Дети совсем, а будто сияющая звездочка влетает в комнату ожидания. Конечно же, нам надо заобнимать детей, ведь они у нас самые-самые. Дедушка терпеливо ждет, пока мы наобнимаемся, а затем приглашает всех за стол.

— Ксия увидела во сне гибель экскурсионного звездолета, — произносит тот, кого всё Человечество зовет Наставником. — Пережить гибель Славы ей было почти невмоготу, отчего у нас танцы и произошли. Но это еще не все.

— Ксия творец, — вспоминает Ира, мама Всеслава. — Значит, может видеть...

— Именно так, — кивает дедушка. — Но дело еще и в том, что в памяти ее есть области, уничтоженные по методу Врага.

Ира и мама моя одинаковым жестом прикрывают рукой рот в ужасе. Они понимают, что это значит, а дед продолжает рассказ о том, что во сне доченька услышала разговоры, увидев и лабораторию. Именно эта лаборатория и стала причиной объявления общей тревоги. Неведомые существа хотят убить котят, но котята уже наши дети, а дети превыше всего. Да, мотив тревоги нам понятен...

— Щит проводит свое расследование, — продолжает свою речь Наставник. — Маша идет со своей стороны, экскурсии пока запрещены.

Это очень логично — и расследование, и охрана,

и запреты. Все школы будут под охраной, ну и Флот теперь начнет, как древние говорили, «землю рыть». Но дело в том, что взять под контроль маршевый двигатель звездолета в обход мозга корабля возможно только... или в ремонтном доке, или изнутри... То есть мы имеем действительно серьезную проблему.

Допустим, контроль изнутри корабля, что это значит? Логически — одноразовое оружие. Учитывая области памяти, физически уничтоженные, может значить программу, способную проявиться у кого угодно. То есть проверять нужно всех котят, особенно старших. Я раздумываю о том, как можно проверить такие вещи, а дедушка в это время с улыбкой смотрит на меня, как будто ждет от меня решения.

— А если... — начинаю я, но потом осекаюсь. Нам нужно не всполошить котят, не травмировать, показав недоверие, значит, необходимо действовать тайно.

— Ну-ка, ну-ка, — подбадривает меня дедушка.

— Ой... — до меня доходит очень простая мысль. — А если рутинное обследование котят? — интересуюсь я, волнуясь, как перед экзаменом.

— Умница, — хвалит он меня. — Именно так мы и поступили.

И хотя мое предложение запоздало, мне очень приятно оттого, что я правильно задачу решила. Я просто радуюсь, как маленькая, но ведь это же дедушка!

Гармония. Месяц кратерий

Мария Сергеевна

Спустя несколько дней очень эффективного расследования — ибо мое решение хоть и оказывается правильным, но с ходу результатов оно не дает — товарищ Феоктистов сообщает мне, что прибудет в течение получаса. Мне очень любопытно, потому что я была не в курсе хода расследования, теперь мне только сообщат факты, которые меня касаются, а все остальное — дело Щита. Ну, насколько я этот процесс понимаю.

Пока товарищ Феоктистов движется в сторону «Марса», я раздумываю об изменениях последних дней, в том числе и о результате наших изысканий, если можно так назвать мозговой штурм интуитов и советы представителей множества рас. Выходит у нас, что проблема касается именно котят, которых теперь желают, по-видимому, уничтожить любой ценой. При этом многое упирается в Ксию.

— Понимаешь, Маша, — изобразив щупальцами вздох, говорит мне Арх, — Дар творца непрост, и если девочка смогла увидеть то, что увидела, то в поиск ее брать просто необходимо. Кроме того, я бы посоветовал с собой взять и тех, кто видел Врага своими глазами.

Я понимаю, о ком он говорит — Тай, Лана, Витька, ну и папа с мамой. Но проблема у нас еще в том, что Ксия неразделима со Всеславом, а они дети. И пускать в опасное место детей... Вся суть Человечества против. С другой стороны, у нас может не быть другого выхода, и мы все чувствуем это.

Прибывает Игорь Валерьевич не один, прихватив с собой и командующего Флотом. Увидев их, входящих в комнату совещаний, я сразу понимаю: мне не понравится то, что они мне скажут. Возможно, совсем. Поэтому я молча трогаю сенсор подготовки к трансляции, заметив Леркину реакцию — удовлетворенный кивок. Значит, дальше она сама будет заниматься подготовкой, а я послушаю, что мне скажут «отцы-командиры», как их называет папа. А нет, не только — я замечаю еще щитоносцев: юноша и девушка, выглядящие молодо, но это значит мало что на самом деле.

— Здравствуйте, — здороваюсь я, приглашая всех за стол. — С чем пришли?

— Наши следователи дадут краткую выжимку, — отвечает мне товарищ Феоктистов, — а затем поговорим.

— Сначала трансляцию проведем, — предлагаю я. — А там и поговорим.

— Ты чувствуешь, — командующий Флотом тоже не сильно рад новостям, но проблемы понимает.

Игорь Валерьевич дает слово своим коллегам, при этом они ощущают себя явно не в своей тарелке. Я телепат, я это «слышу», поэтому улыбаюсь по-доброму молодым людям, стараясь их поддержать. Девушка переглядывается с юношей, отчего тот вздыхает и начинает свой рассказ. Сказать, что они очень молодые, нельзя — опыт у обоих серьезный, но здесь они вовсе не поэтому. Именно эта группа нащупала разгадку, опередив своих коллег. Они обнаружили и, как папа говорит, «засланных казачков», и поняли, что конкретно произошло. Враг у нас, осознававший, что делает, плюнувший в давших ему кров и тепло, оказался ровно один. Слушая следователей, я понимаю: никто другой это и не мог быть, но вот доказать...

— Значит, нужно погружение, — понимаю я. — Причем погружение кораблями, способными противостоять Врагу.

— Нужно, — кивает товарищ Феоктистов. — Но дети... технически можно объявить их стажерами — практика перед средней школой. Правда...

— Да, — киваю я и, повернувшись к Лере, интересуюсь: — Как там трансляция?

— Хоть сейчас, — вздыхает она. — Но может, сначала спросить детей?

Да, это я упустила. Я киваю, быстро выбрав контакт Вали из списка и тронув его пальцем для инициации связи. Коммуникатор связывается через сеть «Марса» и ближайший ретранслятор с Гармонией. Ксия и Слава, насколько я знаю, как и другие котята, переведены пока на дистанционное обучение, а на планетах у Врага шансов нет. Зубы ему вырвал «Щит», причины происходящего понятны, хоть и горьки, но опыт у нас уже есть.

— Тетя Маша? — удивляется Валя. Судя по фону, она в столовой находится, время как раз обеденное.

— Валюша, — я вздыхаю, — пожалуйста, возьми детей и прибудьте на «Марс», я катер пошлю.

— Поняла, тетя Маша, — кивает она, сразу же отключившись.

Хорошая девочка у нас, очень послушная и

считающая, что вопросами закидать можно и потом. Нам всем надо будет поддержать папу, потому что такие новости для него непростыми окажутся. Ведь он взял под крыло котят, да и... Впрочем, это может подождать. Наверное, по самой истории расследования можно и книгу написать, ведь раньше мы с подобным не встречались.

— Прибудут дети, поговорим с ними, — озвучиваю я план. — Затем трансляция, ну далее по результатам... Суть в том, что должны лететь и Ксия со Всеславом... Кстати, Лера, позови его родителей, пожалуйста.

— Уже, — улыбается моя сестренка. — Они с сыном сейчас, так что одновременно все прибудут.

— Очень хорошо, — киваю я, обращаясь затем к «отцам-командирам». — Полетят те, кто видел Врага. Арх говорит, что Ксии очень не зря показали лабораторию, поэтому она тоже нужна. Но и корабли... Один я знаю — «Меркурий», а дальше?

— А дальше... — товарищ Варфоломеев вздыхает, выводя на экран проекцию огромного корабля. — «Альдебаран», несущий линкор. Десант возьмем с «Юпитера» — у них боевой опыт, малые корабли — с «Владимира». Ну и следователи с вами полетят.

— Это мысль хорошая, — соглашаюсь я с ним,

чувствуя, что именно так и правильно. — А прикрытие?

— «Сатурн» и «Панакея» еще, — задумчиво произносит командующий Флотом. — Лучше перебдеть.

Это старинное слово, пришедшее из дремучей древности, означает, что лучше перестраховаться. Или, как папа говорит: «Лучше быть параноиком, чем трупом». Тут товарищ Варфоломеев прав: права на промах у нас нет. Будут ли дети на борту, нет ли — еще неизвестно, но ошибаться нам нельзя совсем.

Скоро они прибудут на «Марс», мы им все объясним, хотя ответ что Ксии, что Всеслава я себе представляю, и вот тогда будет трансляция, ибо мы готовимся нарушить один из основных принципов Человечества, насколько я себе представляю это. Скорее всего, я неправа, но все равно — это вызов нашему разуму, возможности поступиться принципами ради детей, ведь в опасности, выходит, они все. Котята — наши дети, и разницы для нас нет.

Произошедшее, кстати, говорит о том, что только из-за сна Ксии мы смогли избежать страшной катастрофы. Гибель более полутора сотен детей была бы страшной бедой для всего Человечества, и как бы мы от нее оправились, я себе даже не представляю. Поэтому девочка спасла очень многих. Пусть это ее дар, а не умение, факт остается фактом. А теперь наш ход.

Валентина

До сих пор не могу прийти в себя от самой подлости задумки слуг Врага. Так сказать, каждой цивилизации — своих Отверженных. Произошедшее с котятами — серьезный удар по всем нам, и если бы не Ксия, то мы бы плакали о погибших детях всем Человечеством. Именно поэтому звучит напряженный голос тети Маши в каждом доме, в школах, лабораториях и на кораблях.

— Слушайте, Разумные! — так начинается экстренная трансляция, говорящая об опасности для наших детей, для каждого ребенка Человечества.

Я слушаю ее голос, а сама вспоминаю прошедший разговор с Ксией и ее Славкой. Дети неожиданно быстро поняли суть проблемы, даже сами вызвавшись лететь. Настоящие герои мои маленькие. Дедушка рассказывал, что наши дети, дети Человечества, всегда были такими — чистыми, открытыми, готовыми на подвиг, даже в Темные Века. Но вот сейчас тетя Маша рассказывает Человечеству о том, что необходимо подвергнуть гипотетической опасности двоих детей, чтобы спасти тысячи. И этот выбор, хоть и кажется очень простым, на самом деле — вызов нам всем.

— Мы готовы лететь, — твердо произносит Ксия, глядя в глазок камеры. — Мы готовы ради всех детей, что все равно находятся в опасности!

И разумные видят наших детей, которыми можно и нужно гордиться, а я понимаю: мы справимся, хотя ситуация вовсе не такая простая, какой казалась изначально. Детей, как выяснилось, каким-то образом обрабатывали, вживляя программу уничтожения. Правда, не всех, а только тех, кто прошел через орбитальную платформу, что и позволило найти виновника. Но в этот раз нам нужно не только предотвратить программирование, но еще и лаборатории обнаружить. Только вот самое страшное...

— Обнаружив у детей развивающийся дар творца, коты создали религию, говорящую о том, что это проклятье, — объясняет следователь «Щита». — Было это очень давно, но как это произошло и как с этим связан Враг, нам еще только предстоит узнать.

— А теперь прошу высказываться и голосовать, — усталым голосом завершает информационную часть трансляции тетя Маша.

Далее сыплются вопросы, а мы с Ирой просто обнимаем наших героических детей. Совершенно ясно, что мы пойдем с ними, это даже не обсуждается. Мама с нами отправится, а вот дедушку с бабушкой не пустят, потому что у них сердечки себя плохо повели и всех напугали.

— Разумные! — прерывая шумную дискуссию, до нас доносится очень пожилой голос незнакомого мне человека. — Мы занимаемся не тем. Интуиты у нас Винокуровы, и другой возможности они не видят. Котенок у нас тоже Винокурова, так что, выходит, член семьи. Тем не менее ничего не стали делать в кругу семьи, а обратились к нам — зачем?

— Этическая проблема... — произносит женский голос. — Разумные, мы обязаны поддержать Винокуровых!

И вот теперь начинается голосование, потому что разумные поняли самое главное: не только прослушали информационный блок трансляции, но еще осознали, как нам всем нужна поддержка, ведь в неведомое отправляется ребенок. Правда, исход голосования понятен каждому, ибо ни одного голоса «против» не прозвучало. Разумные искали возможность оградить детей, как и тетя Маша, но не смогли, и теперь просто показывают: мы вместе, мы — разум.

— Суть задачи такова, — негромко объясняет товарищ Феоктистов, он главный у щитоносцев. — Нужно погрузиться до вот этой отметки, — и показывает на экране что-то непонятное мне, — отследить звездолет, но отпустить его, иначе нарушим ход истории.

— А как мы тогда предотвратим программирование? — интересуется тетя Лера.

— Подменив аппарат «диагностики» на орбитальной платформе, — объясняет уже командующий Флотом. — Под маскировкой «Меркурий» зайдет вот сюда...

Я внимательно смотрю на экран, теперь показывающий мне вполне известное — «Меркурий» достаточно мал, чтобы его под маскировкой никто не заметил, поэтому вполне получится. Сами изменения внесут квазиживые, то есть изменение истории очень небольшое будет. Правда, при этом у всех котят, побывавших там, разблокируются области сознания, но это уже детали. Что же... Хороший, по-моему, план.

— Разумные, мы благодарим вас! — почти со слезами на глазах восклицает тетя Маша.

— Удачи вам! — доносит до нас связь чей-то возглас, после чего канал трансляции закрывается, оставляя нас одних.

— Значит, решение принято, — задумчиво произносит мамочка. — Надо готовиться к полету. Только что скажет школа?

— А школа... — отвечает ей тетя Маша, затем

смотрит на свой коммуникатор и начинает улыбаться.

Весь класс Ксии и Славки, все их друзья просят школу сделать каникулы до тех пор, пока мы не вернемся. Они хотят учиться только вместе с нашими детьми, поэтому школа, насколько я понимаю, решила удовлетворить просьбу. Именно поэтому улыбается тетя Маша, лишь потом объясняя сидящим в обнимку детям, что произошло. При этом Ксия ожидаемо плачет. Это эмоции у доченьки, не хочет она их сдерживать, да и не надо — она ребенок, имеет право.

Я же понимаю, что все меняется, ибо идем мы на помощь нашим детям. Какой именно звездолет общался с лабораторией, поставляя «подопытный» материал, мы знаем. Мотив этого предательства, иначе и не назовешь, никому еще пока не ясен, но мы обязательно найдем этому объяснение. Пока что нужно готовиться и готовить детей в рамках, насколько я понимаю, группы Контакта.

Почему Ксия, мне уже понятно, принципы работы «подобное к подобному» у творцов я знаю, значит, кто-то близкий ей по крови. Возможно, сестра? Или мать? Это тоже нужно выяснить, как и... Откуда взялась религия, связанная с «проклятьем»? Этого мы тоже не знаем, но с нами следователи-щитоносцы летят, поэтому, думаю, все выяснится.

— Валя, Ира, берите детей и готовьтесь, — отпускает нас тетя Маша. — Встретимся через... Я сообщу когда.

— Хорошо, тетя Маша, — киваю я, поднимаясь на ноги.

Значит, у нас есть пару дней, в течение которых дети будут активно общаться с друзьями, а мы — стараться предусмотреть все на свете. Эта задача сама по себе непростая, но с нами пойдет и «Панакея», то есть врачи. Похоже, мы небольшим флотом двинемся, что тоже хорошо, причем вывалимся в том времени... В довольно необжитом пространстве, и это хорошо — не будет временного вмешательства и совершенно ненужных временных петель.

Ну а пока мы возвращаемся на Гармонию, где можно будет привести мозги в порядок и собрать в единую систему все, что мы сегодня узнали. Реакции у меня временами совершенно детские, но я умею с ними справляться, конечно. Да, Гармония ждет.

Пространство. Конец кратерия

Ксия

С того самого дня, когда мне приснился жуткий кошмар, прошло, кажется, совсем немного времени, и вот мы со Славкой летим на линкор, чтобы спасти котят. Оказалось, что не все такие, как я, были хорошими, а среди нас существовали некоторые, как та, неправильная Хи-аш, они хотели всех убить, но люди опять во всем разобрались и спасли. Как-то так я понимаю состоявшийся разговор.

Сейчас мы летим на «Альдебаран» — это большой линкор, очень сильно защищенный, ну и не одни мы там со Славкой будем. И родители наши, и тети с дядями, потому что дело общее и очень важное. Я сижу смирно в кресле, охватывающем меня со всех сторон, держась за Славкину руку, потому что мне это необходимо. После того сна мне почему-то очень надо прикасаться к нему, но Славка не против. Он с той самой ночи, кажется, только заботливее стал. Мне мамочка, конечно, все объяснила, но все равно иногда не верится. В то, что я его не заставляю, конечно.

— Я не пропаду, — говорит он мне каждый день, потому что знает, как я боюсь без него. — Мы теперь всегда будем.

Так и мамочка говорит, и тетя Ира тоже. Она ничуть не сердится на меня за то, что я Славку оккупировала, получается. Наверное, это из-за того, что после сна произошло. Если бы что-то во мне не подсказало бы во сне, мы бы умерли, все это осознают. А сейчас мы летим для того, чтобы исправить то, что происходило когда-то давно. Оказывается, нас, Ка-энин, всех приговорили, а за что, я так и не поняла.

— Вот он, наш «Альдебаран», — показывает мне на экран Славка.

Звездолет, по-моему, просто огромный. Он чем-то похож на раздутый кабачок с большой тыквой наверху. Какое-то необыкновенное зрелище, я таких никогда не видела. А еще у него наросты по всему корпусу. Это, наверное, пушки, чтобы нас со Славкой защитить, потому что мы дети.

— Дети, идете за мной и ничего не пугаетесь, — сообщает нам бабушка, я только голос ее слышу, потому что на «Альдебаран» смотрю.

— Хорошо, тетя Вика, — кивает Славка, а потом гладит меня по руке, отчего у меня сразу же урчальник включается, потому что это же он.

Экраны темнеют, и в следующее мгновение кресло мягко выносит меня на железный, кажется, настил причала. Мы уже внутри звездолета, на причальной палубе, где не счесть разных кораблей и электролетов, а людей просто великое множество. Поверхность палубы окрашена в темно-зеленый цвет, всем сразу говоря о том, что корабль военный. Такой цвет только на военных звездолетах встречается — нам объяснили, что он традиционный, а флот на традициях стоит, это я знаю. Стен отсюда я не вижу, ну и люди вокруг очень быстро двигаются, поэтому я немного теряюсь даже, но Славка берет меня за руку и куда-то ведет. Мне все равно куда, потому что это Славка.

Стены, появившиеся вокруг, выкрашены в такой же темно-зеленый цвет, а людей сразу становится гораздо меньше. Звездолет, наверное, к старту готовится, а нас куда тогда? Но Славка точно знает куда, поэтому ведет меня. Ой, впереди бабушка путь показывает! Она же сказала, за ней идти, вот мой Славка и ведет растерявшуюся меня.

Подъемник выглядит полупрозрачной трубой, в которой нас очень бережно подхватывает какая-то сила, унося наверх. Это гравитационные подъемники, они намного быстрее обычных, ну и ломаться в них нечему, так дедушка говорит, поэтому, видимо, здесь именно такой. Славка чему-то улыбается, а мне очень интересно — ведь мы сквозь уровни пролетаем, а там что-то делают люди, любопытно же!

Наконец подъемник останавливается, выпуская нас наружу. В первый момент мне кажется, что я в бублике стою, но потом понимаю: это кольцевой коридор, где каюты располагаются. Двери кают серебристые, но не блестят. Одна из них раскрывается, пуская нас внутрь, и я оказываюсь в большой квартире. Здесь три комнаты... ой, они каютами называются. Три каюты: для родителей две и для нас со Славкой, потому что мы не расстаемся же. Еще душ с туалетом и даже кухня небольшая с синтезатором. Бабушка все родителям объясняет, что-то сразу же к синтезатору подключив, а я рассматриваю нашу комнату. Две рядом стоящие кровати, большой стол, шкаф и экран. Рекреационная комната, которая игровая, скорее всего, в другом месте находится, поэтому нам тут только спать и заниматься уроками, если захотим, а мы захотим — экзамен же скоро!

— Ксия, Слава, вы пока посидите в каюте, — просит нас бабушка. — Сейчас «Альдебаран» готовится к старту, а потом уже вас позовут. Вы у нас оба стажеры группы Контакта, запомнили?

— И что, даже форма есть? — с улыбкой как-то очень по-взрослому спрашивает ее Славка.

— А как же! — с теми же интонациями отвечает она. — В шкафу посмотрите.

Затем она уходит, потому что у нее дела, а мама просто вздыхает. Маме без бабушки не очень по себе, поэтому она грустнеет, и я сразу же к ней бросаюсь, чтобы успокоить и вылизать. Хоть что-нибудь сделать, чтобы она не грустила. Мамочка это очень быстро понимает, начиная улыбаться.

— Внимание, готовность к старту, — слышится откуда-то с потолка, заставляя меня задрать голову.

— Это трансляция корабля, — объясняет мне мамочка. — Разум звездолета сообщает о том, что скоро начнется наше приключение.

— Здорово! — радуюсь я. — А можно экран включить?

Ответа от мамы я получить не успеваю, потому что в этот миг оживает экран, показывая мне Гармонию. Уже очень любимую нашу планету, где такие хорошие люди живут и все наши со Славкой друзья, конечно же. Вдруг она начинает медленно уменьшаться — это значит, что «Альдебаран» уходит из звездной системы, чтобы в субпространство погрузиться, отправляясь на Форпост. Там мы встретимся с «Меркурием», так бабушка сказала, и начнем погружаться во времени.

— Посидим, посмотрим? — предлагаю я Славке.

— Хорошо, милая, — отвечает он мне, отчего я снова урчу.

У него так ласково получается произнести это слово «милая», что я просто не могу удержаться, да и не хочу. Он садится рядом со мной, начав гладить меня промеж ушек. Славка знает, что я от этого млею, поэтому просто забываю обо всем в эти минуты. Он хитрый, ведь я в таком состоянии не способна беспокоиться.

— Размурлыкал ее Славка, — слышу я голос тети Иры.

— Учитывая импринтинг, вряд ли может быть иначе, — отвечает ей бабушка.

А мне все равно, потому что очень хорошо. Тепло на душе, Славка рядом, мамочка и бабушка. Что еще может быть в жизни надо?

Каперанг Винокуров

Почему на командование поставили меня — понятно, у меня боевой опыт. При этом мне звание накинули, это тоже понятно — линкор не крейсер, но своих людей я, разумеется, с Сириуса забрал. Нервирует немного наличие детей на борту, но тут ничего не поделаешь: Маша говорит, вариантов нет, а сестренка ошибаться просто не умеет.

Нам нужно опуститься во времени до известного момента, когда предатель, оказавшийся не совсем предателем, отправится к лаборатории, отследить его и отпустить, а в это время «Меркурий» займется обезвреживанием программатора. Это небольшое изменение истории, судя по тому, что нам известно; петлю оно не создаст, а просто незримо изменит будущее. Точнее, дети будут жить как жили, но уже не боясь никакой программы.

— Командир на мостике, — подает сигнал Вася. Он десантник, потому реагирует первым.

— Рад тебя видеть, дружище, — улыбаюсь ему. — «Альдебаран», степень осознания.

— Осознание полное, командир, дублирующий в готовности, — отвечает мне разум звездолета.

— Очень хорошие новости, — соглашаюсь я и усаживаюсь в свое рабочее кресло. — Готовность.

Теперь мы быстро готовимся к старту, потому что раньше начнем, раньше и закончим. Я вывожу на левый экран локализацию детей, хотя знаю уже, что Валюша присмотрит, но пусть будет. Разум

«Альдебарана» сообщает о полной готовности, поэтому можно стартовать.

— «Альдебаран» — Главной Базе, прошу разрешить маневр, — коснувшись сенсора связи пальцем, начинаю я привычные процедуры.

— Твердых дюз! — традиционно отвечает мне диспетчер.

— Поехали потихоньку, — киваю я навигатору, а сам зарываюсь в меню оборонных и атакующих систем.

Вооружили нас, надо сказать, очень мощно. Оборона не только на щитах и маскировке, но и специальные средства, а пушки у нас самые мощные. Даже пара планетарных мин имеется на всякий случай. Линкор есть линкор, тут ничего не поделаешь. Десант у нас с Юпитера, значит, все с боевым опытом, а командует ими Вася, по расписанию находящийся в рубке. Он и с папой полетал еще, так что опытный товарищ.

— Вход в гиперскольжение, — сообщает мне навигатор.

Это правильно, тащиться полдня в субпространстве никому не нужно. У нас задача не самая простая, ибо никто не знает, что ждет впереди. Но пока мы движемся к Форпосту, где у нас очередные Винокуровы на «Меркурии». Хорошие ребята, несмотря на не самую простую историю. Сестренки считают, что они могут почувствовать Врага, а я думаю, что именно «чужих» мы не встретим, но нужно будет тщательно выяснить, что именно произошло.

На экране — колодец гиперскольжения, а я раздумываю о том, что нас может ждать. Совершенно точно все встреченные «кирпичи», то есть звездолеты в виде параллелепипеда, нужно брать на абордаж. Там мучают детей по неизвестной нам до сих пор причине. Заодно и причину обнаружим, а так как они совершенно точно не выжили, то историю мы этим не перекрутим.

— Выход, — сообщает мне навигатор.

— Обмен с «Меркурием», — командую я. — Синхронизация.

— Есть, понял, — слышится в ответ.

Уже целый час минул в раздумьях, а я и не заметил. Первая мысль — взять «Меркурий» на борт — очень плохая. Ему в погружении будет намного проще, чем нам, поэтому стоит пустить небольшой звездолет вперед, только о щитах напомнить. Ну это ребята сами сообразят, а я лишь пожелаю мысленно удачи. Она нам всем очень понадобится, ведь в этом районе нас в то время не было — Форпост находился дальше.

Я внимательно смотрю на то, как выглядит погружение со стороны: звездолет окутывается синеватым сиянием, ныряя затем в возникшую перед ним похожую на черную дыру воронку. Значит, теперь наша очередь, но товарищи офицеры ждут моей команды, чтобы начать маневры.

— Приступить к погружению, — выждав, на мой взгляд, достаточно, командую я.

— Внимание, корабль переходит к погружению, — звучит корабельная трансляция, а я тем временем активирую защитные поля.

Конфигурацию выставит «Альдебаран» самостоятельно, но вот именно это перед маневром я должен сделать сам. Дар мой активируется, очень ощутимо на это намекая, а не слушать дара я просто не умею. Именно поэтому мои пальцы парят над сенсорной панелью пульта, будто неведомые птицы, легко касаясь элементов управления.

— Начато погружение, — сообщает «Альдебаран». — Экипажу находиться в зонах безопасности.

Это он прав, лучше сидеть сейчас тихо и никуда не бегать, ибо мы идем даже не сквозь пространство — сквозь время. Пусть совсем небольшое время, несколько лет всего, но суть от этого не меняется. Мы идем спасать ни в чем не повинных детей, чтобы заодно выяснить, кто это у нас такой затейник и все ли так просто было с вирусом. Казнин уже наши дети, а посягнувший на наших детей будет жалеть. Недолго, но очень интенсивно, уж я-то об этом позабочусь.

— Погружение проходит штатно, замечаний нет, — произносит оператор установки погружения. — Возможны незначительные флуктуации.

— Главное, чтобы звездолет выдержал, — хмыкаю я в ответ, на что все понимающе улыбаются: помнят, в каком виде папин корабль вернулся.

— Командир, а дальше что? — интересуется у меня не проинформированный Василий.

— Дальше мы надеваем маскировку и идем искать плохих существ, — объясняю я ему. — Как найдем — спасаем детей и вдумчиво потрошим остаточки. Кроме того, все встреченные «кирпичи» наши.

— Детей, значит... — больше объяснений десантнику не нужно.

Да и мне при подобной постановке вопроса объяснения больше не нужны были бы: «спасти детей» — само по себе объясняет совершенно все. Других поводов для действий и не нужно, если подумать, ведь для нас дети превыше всего. Вот мы и сорвались им на помощь, хотя, судя по присутствию щитоносцев на борту, не все так просто будет. Ну наличие «предателя»...

Я отлично понимаю, что огромный линкор

снарядили не просто так, а ведь за нами идет и госпиталь с сопровождением. Раз их отправили, значит, сестренки почувствовали, что нужны именно эти звездолеты, а тут уже воображение буксует. Представить, для чего понадобится «Панакея» в таком рейде, мне сложно. Для перестраховки разве что? Нет, не верится мне...

— К выходу приготовиться, — разум звездолета реагирует раньше меня, что и хорошо, на самом деле. По инструкции команда должна быть подана, а кто ее подает — дело десятое.

— Оборонные системы — готовность, — командую я. — Предварительная.

Короткий зуммер подтверждает предварительную готовность оружейных систем корабля. Рука моя напряженно лежит на операционной панели оборонных систем, и в этот самый момент, когда напряжение почти достигает максимума, мы выплываем в обычное Пространство.

Пространство. Прошлое время

Каперанг Винокуров

Никаких проблем с ходу не вижу, потому снимаю руку с панели, пока идет картографирование. Погружение не должно было нас сильно сместить в Пространстве, но осмотреться все же стоит. «Меркурий» покорно висит — ждет команды, а мы спокойно работаем.

— Смещение по времени расчетное, — сообщает мне ответственный за временное смещение офицер. — Пространственное, кстати, тоже, Виктор Сергеевич.

— Откуда знаешь? — интересуюсь я, на что отвечает мне навигатор, просто показав на экран.

Действительно, мы же за Форпостом вышли, а

он за это время сместился. Как раз это может быть ответом на вопрос, откуда сигнал пришел, ведь планета котят у нас уже в нашем, получается, пространстве, и вышли мы «с той стороны», где нас вообще никто не ожидает увидеть. Сейчас к нам «Панакея» с сопровождением присоединится, правда, госпиталь останется здесь.

— Фиксирую «кирпич», — спокойно сообщает Петр Васильевич, ответственный за системы обнаружения, которых здесь много.

— Вася, твой выход, — улыбаюсь я, считав данные с экрана.

— Понял, — командир десанта скорым шагом покидает рубку.

Черный, почти не видный на фоне звезд, параллелепипед висит в дрейфе. Вполне вероятно, что спасать там некого, ибо видели мы уже такие — совершенно мертвые корабли с останками котят. Именно тот факт, что он в дрейфе, и наводит на эту мысль.

— У него двигательная система отсутствует, — замечает Петр Васильевич. — Может, и выжили...

Петя думает о том же, что логично, поиск-то мы вели вместе, так что мысли вполне могут сходиться. Я же смотрю на то, как две искры катеров устремляются к «кирпичу». В первой партии обязательно квазиживые: инструкция такая, и нарушать ее смысла нет. Убить квазиживого из десанта очень непросто — у них тела усилены, да и защищены, так что...

— «Панакея» выходит, — спокойно сообщает мне навигатор, на что я благодарно киваю. — Синхронизация после стабилизации.

Это он для протокола, потому как протокол я знаю, но потом эти записи будут слушать все кому не лень. Я проверяю детей — сидят в своей каюте. Ксия во сне увидела гибель ставшего ей близким друга и запечатлелась насмерть. Так бы у них дружба стала любовью в свой срок, а теперь у родителей веселье, конечно. Самое интересное, что мальчик ее принял, понял и носится, как с фарфоровой вазой. Значит, чувства уже были... Ладно, как у нас с десантом?

— Вася, что у тебя? — интересуюсь я.

— Пока трупы, — тяжело вздыхает их командир.

Я его понимаю: мертвые дети — это очень страшно. Особенно для нас. Поэтому не подгоняю, а внимательно слежу за временем. Спасибо следователям, мы знаем, когда выйдет нужный нам корабль. Насколько мне известно, это будет его последним рейсом, а вот почему... Есть у меня подозрение, что мы сейчас временную петлю замыкаем, как со мной было. Но если так, тогда все совершенно точно хорошо будет.

Первый из катеров возвращается на борт, а второй летит к «Панакее», одновременно с этим следует доклад об обнаружении котенка в критическом состоянии. Малыш сумел, судя по всему, спрятаться, поэтому выжил. А госпиталь наш летучий совершенно точно сможет восстановить ребенка. Нам же пора двигаться по основной задаче.

— «Альдебаран» — «Марсу», — вызываю я Тая. — Приступить к выполнению задачи, маршрут вам скинули.

— Приказ получен, — традиционно звучит ответ парня. — До встречи!

— Твердых дюз! — абсолютно бессмысленное, если вдуматься, но насквозь привычное традиционное пожелание удачи. Ни пуха ни пера в наших условиях не желают, тетю Удачу сердить не стоит.

«Меркурий» исчезает с экранов, я же набираю на сенсорной панели конфигурацию поля маскировки. И наш черед приходит. Второй десантный катер я, подумав, оставляю с «Панакеей» — есть у меня ощущение, что десант им понадобится. Опять, наверное, дар активируется.

— Приступить к выполнению основной задачи, — командую я.

— Звездолет приступил к выполнению основной задачи, — вторит мне разум корабля.

— «Альдебаран», статус осознания, — вспоминаю я об еще одной инструкции.

— Осознание полное, не волнуйся, командир, — в голосе разума корабля мне слышится улыбка.

— Движение, — командую я для протокола.

Исчезнув для всех под полем маскировки, мы входим затем в субпространство. Тут недалеко — считаные минуты, поэтому расслабляться не следует. Зачем сестренки приволокли детей, мне непонятно пока, ведь задача — не бей лежачего, но, видимо, не все так просто. Поживем — узнаем, а пока мы движемся в субпространстве, направляясь к высчитанной точке Пространства.

Все-таки зачем на борту именно эти дети? Девочка творец, это мне известно. Кстати, Славку надо будет через диагностику еще раз провести, ибо кто знает. Но есть достаточно творцов взрослых, почему именно дети? Думаю, разгадка будет неожиданной.

— Выход, — строго по инструкции сообщает мне «Альдебаран». — Обнаружен искомый корабль.

— Сопровождение, — вздыхаю я. — Боевая тревога.

Точный расчет навигатора и интуиция сестренок позволяют нам не тратить время на поиск, а сразу же обнаружить цель. Ну и объявление боевой тревоги имеет смысл, если не думать о том, что это тоже инструкция. Папа значительно пополнил список инструкций на все случаи жизни, учтя и свой, и мой опыт. Теперь достаточно работать по инструкции, и все будет хорошо.

Искомый звездолет идет по прямой, при этом на субсвете, не пытаясь нырнуть. Интересно, у них субпространственные двигатели вообще были? Не помню я эту часть отчета, честно говоря. Но пока сопровождать вполне удобно, да и отловили мы его на последней трети маршрута, потому можно не беспокоиться. Не слишком долго это будет — полет по прямой.

— Витя, — слышу я вызов от Вики, это сестренка моя старшая. Двадцать старших сестер у нас с Сашкой. — Ксия беспокоится. Говорит, должна быть в рубке.

— Должна — значит, идите, — киваю я, понимая: вот оно. — «Альдебаран», допуск в рубку для Винокуровых.

— Допуск всем Винокуровым, — подтверждает разум корабля. Славка уже нашим считается, поэтому насчет него не уточняю даже, полностью осознавший себя разум от человека почти ничем не отличается, так что сам догадается.

Это у девочки дар проснулся, так что следует ожидать сюрпризов. Надо подумать, пока дети топают в рубку: какие могут быть сюрпризы? В голову ничего не приходит, ведь для боевого контакта они не нужны, а что еще может случиться такого, с чем мы не справимся? Загадка.

Тай

Получив разрешение и традиционное пожелание, я молча касаюсь сенсора разгона. Нам сейчас очень быстро нужно попасть на орбиту Ка-эд, там у котят платформа болтается. Именно на этой платформе, сильно отличающейся от орбитальных станций по своему предназначению, да и по форме, и находится наша цель.

— Маскировку на максимум, — проговариваю я, делая это, разумеется, своими руками. — Защиту на максимум. Рая, готовность.

— Всегда готовы, командир, — улыбается мне квазиживая, уже морфировавшая под котят, Ка-энин они себя называют. Ли только кивает, а Лана касается меня рукой.

Мы в гиперскольжении, которым занимается разум «Меркурия», поэтому заняться пока нечем. «Альдебарану» предстоит самое сложное: найти лаборатории, распотрошить их и разобраться наконец, что именно случилось. Интересно, почему никто не задумался раньше о природе вируса? Впрочем, откуда я знаю, может, и задумался...

— Выход, — по инструкции извещает меня разум звездолета.

Вид на экране меняется: радужный тоннель исчезает, вместо него я наблюдаю звездную систему с висящей прямо над планетой плоской платформой. По виду это верфи. То есть сборочный цех больших космических кораблей, все отличительные признаки есть. Уже интересно, потому что о таком никто не говорил.

— Наблюдаю более всего похожую на верфи платформу, вид которой от более позднего варианта отличается, — для протокола сообщаю я.

— Подтверждаю, — поддерживает меня разум звездолета.

— Осматриваемся, — продолжаю я.

Это тоже инструкция, и очень важная — сначала надо внимательно обследовать окрестности и саму систему, а только потом начать выполнять задачу. Где-то там внизу малышка Ксия с трудом встает на ноги, чтобы идти в школу. Помню, малышкам было сложно на задних ходить, хотя должно было быть удобнее.

— Телескоп! — командую я, подстегнутый даром. Слушать голос интуиции нас очень хорошо в Академии научили, так что командую рефлекторно.

— Что случилось? — интересуется у меня моя

милая, но я уже навожусь на тот дом, где, как мы знаем, Ксия жила. — Ой...

— Тоже это видишь? — интересуюсь я у нее. — Сказка-то непростая выходит.

Дом устроен так, что выпрямляться в нем неудобно. При этом, видимо, в школе и на улице за хождение на четырех конечностях наказывали. Ой, что-то это мне напоминает! Вот совершенно точно нашу симуляцию это напоминает, а тут у нас точно не симуляция, а реальность.

— «Меркурий», оценка симуляции, — командую я по инструкции, как только у меня мысль о нереальности возникает.

— Ноль, — реагирует разум звездолета. Значит, реальность. Но зачем мучить котят?

— Установлено, что конфигурация домов Ка-энин такова, что ходить на задних конечностях очень некомфортно, — сообщаю я для протокола. — Учитывая порядки вне дома, предполагаем злой умысел.

— Подтверждаю, — «Меркурий» того же мнения, что говорит о многом.

— Начинаю выполнение основной задачи, — проговариваю я, трогая сенсор гравитационных двигателей.

У нас на «Меркурии» их аж две «связки», что позволяет и двигаться, и маневрировать, особенно в бою. Но гравитаторы довольно медленны, так как прошлая эпоха, и годятся только на внутрисистемных маршрутах. Вне уже давно тиарасовые двигатели используются. Впрочем, нам сейчас нужны именно гравитаторы.

— Подавить системы наблюдения платформы, — все действия сейчас регистрируются, а я действую по инструкции, составленной умными людьми. Ибо они кровью написаны, и хорошо бы, чтобы не моей.

Срабатывают захваты, после чего квазиживые устремляются из рубки. Начинается их работа. Насколько мне известно, им нужно всего только разрядить программатор, использовавшийся для совершенного непотребства, и, в общем-то, все. Так что они побежали, а мы висим спокойно, наблюдая и за платформой, и за планетой. Вот отчего-то мне кажется, что история котят на нашу похожа, только у нас были «агры» в симуляции, а тут «проклятые» в реальности. Но похожесть прослеживается, значит, и мотив тот же самый — если убивать творцов, они народятся заново. В этом, я думаю, и мотив «кирпичей» — вывезти подальше от планеты, чтобы убить всех. Как же котятам, на самом деле, повезло…

— На борту, — звучит в корабельной трансляции через часа полтора голос Раи.

Ни на планете, ни на платформе нас не заметили, это хорошо. Квазиживые вернулись, поэтому нужно отойти от объекта, чем я сейчас и занимаюсь, чтобы принять доклады и прыгнуть обратно. Я медленно отвожу звездолет вручную, хотя можно на автоматике, но вот хочется мне руками поработать, и все.

— Рая, — обращаюсь к квазиживой, — у вас все хорошо?

— У нас все хорошо, — слышу я в ответ напряженный голос. — А тут нужен Щит. Сейчас устроим неразумного и расскажем.

Вот как, они кого-то на платформе нашли, причем точно не ребенка, потому что по отношению к детям мы не используем подобную терминологию. Но, насколько я помню, вирус убил всех взрослых? Значит, и тут у нас загадки. Переглянувшись с Ланой, активирую разгон для входа в гиперскольжение — нужно обратно. На «Панакее» вроде был кто-то из щитоносцев... Или на «Альдебаране»? Не помню, но я понимаю сейчас: новости мне не понравятся, раз уже даже Рая эмоции проявляет.

Квазиживые не безэмоциональны, но эмоции проявлять они не любят, кроме как с детьми. Интересно, кого они там нашли?

Ответ я получаю, едва лишь мы входим в гиперскольжение. В рубку входят Рая и Ли, причем оба далеко не спокойные. Квазиживая сжимает кулаки, а вот Ли явно готов кого-то подсократить, что вызывает у меня уже довольно серьезное удивление — такие эмоции я у них вижу впервые. Мне уже очень любопытно, что же они обнаружили, и я знаю: они оба понимают это. В этот самый момент на главном экране появляется изображение взрослого Ка-энин. Это заметно по седоватым окончаниям усов, ну еще некоторые признаки имеются. Если котята больше похожи на нас, то этот — именно на древних кошек. Порода, что ли, другая?

— Познакомься, командир, — подчеркнуто-спокойным голосом произносит Рая. — Вот это неразумное — оператор диагноста с блоками мнемографа. Причем такие блоки нам известны — они были на кораблях Врага.

Сдержаться я не могу, поэтому выдаю весь словарный запас на флотском традиционном языке. Большая часть слов для меня смысла не имеет, но на душе действительно становится легче, потому что, выходит, мы имеем дело с Киан. С теми самыми, что были в нашей симуляции, и это очень плохо выглядит. Понятно, отчего послали именно нас с Ланой — мы понимаем, с чем столкнулись, с максимальной сейчас скоростью отправляясь обратно, чтобы донести новость о Киан до наших друзей и коллег.

Пространство. Орбитал прошлого

Ксия

В рубку меня просто тянет, поэтому, наверное, я и сама не понимаю, как в ней оказываюсь. Славка меня придерживает, а я чувствую, что прямо сейчас что-то произойдет. Дядя Витя, командир, с улыбкой приглашает меня на диван, куда я усаживаюсь, а потом становится серьезным.

— Ты что-то чувствуешь? — спрашивает он меня.

— Сейчас... случится, — отвечаю я ему, пытаясь разобраться в своих ощущениях.

— Щиты на максимум! — командует дядя Витя.

— Выполнено, — отзывается голос откуда-то с потолка. Это разум корабля, я знаю.

О дарах нам рассказывали, поэтому я пытаюсь

сосредоточиться, чтобы понять, что именно надо сделать, чтобы не случилось что-то плохое. Именно приближающееся плохое я и чувствую, но не могу пока понять, что именно. Ко мне приближается незнакомая тетя в форме, присаживаясь на корточки.

— Командир, девочка опасность чувствует, — спокойно произносит она. — Вика?

— Малышка, расскажи мне, что ты чувствуешь, — произносит бабушка, поглаживая меня по спине.

— Как будто я в стену лечу… — произношу я, очень четко ощущая надвигающееся нечто.

— Витя, торможение! — восклицает она, привстав с дивана.

— Двигатели на торможение! — не задумываясь реагирует дядя Витя. — Что это?

На экране что-то происходит, но вот что именно, я не понимаю, потому как чувствую: дверь где-то тут. Мне кажется, я перед стеной стою, но она не сплошная. Где-то есть дверь, через которую надо идти дальше, а просто вперед нельзя.

— Сопровождаемый исчез, — спокойно сообщает какой-то дядя, сидящий справа. Он далеко сидит, я не вижу его лица, но слышу почему-то.

— Пространственная аномалия по курсу, — звучит голос разума «Альдебарана».

— Здесь есть дверь, — объясняю я бабушке. — Я ее чувствую.

— Витя, дай ребенку покрутить носом, — непонятно для меня говорит она дяде Вите. — Мы не поймем, это чувствует только она.

— Иди ко мне, Ксия, — просит он, я встаю, но останавливаюсь.

Все понявший Славка обнимает меня, ведя к дяде Вите, потому что я вдруг пугаюсь. Я не понимаю, отчего так происходит, однако никто, кажется, даже не удивляется. А ведь я было думала, что страх остаться без Славки пропал, потому что мы всегда вместе. Наверное, я чего-то о себе не знаю.

— Смотри, племяшка, — улыбается мне дядя Витя. — Эта рукоятка направит нос корабля туда, куда надо, понимаешь?

— Да! — киваю я, уже совсем успокоившись.

Такой манипулятор я знаю, у нас в школе есть игра, в которой в игольное ушко нужно попасть тонким шнуром. Вот там я и научилась им владеть, а сейчас всего-то нужно направить. Я закрываю глаза, прислушиваясь к себе, ушки становятся торчком — я знаю это — и берусь за манипулятор.

— Нужно потихоньку вперед, — объясняю я дяде Вите через некоторое время.

— Гравитационные, — говорит он кому-то. — Потихоньку.

— Курс ведет к опасности, — сообщает голос сверху, а у меня нет сил пугаться, потому что я сосредоточена.

— Дар, — коротко произносит дядя Витя. Наверное, это все объясняет.

Я же чувствую дверь и веду к ней звездолет. Я представляю себе, что это игра, потому что иначе страшно становится. Дверь в стене я ощущаю и уже веду туда звездолет, потому что от игры процесс никак не отличается. Вот мы подходим вплотную и легко проходим на «ту сторону». Звучит громкий зуммер.

— Готовность открытия огня, — громко произносит дядя Витя, а я поднимаю взгляд, чтобы посмотреть на экран.

— Нельзя! — как будто кто-то вместо меня говорит, а я рассматриваю несколько черных дисков и три прямоугольной формы корабля.

— Совсем нельзя? — интересуется бабушка. — Или куда-то можно? Покажешь?

Я понимаю, о чем она говорит, кивая. Как пометить что-то на экране, я тоже знаю, потому что это детская игра, для совсем маленьких. Прислушиваясь к себе, я манипулятором поворачиваю, чтобы показать куда можно. Как я это ощущаю, совсем не понимаю, но, наверное, пока не время для вопросов. Мне кажется, что кто-то другой сейчас управляет моей рукой, отмечая диски, которые можно.

— Вот эти можно, но нельзя, — говорю я, сама я не понимая, что сказала.

— А почему нельзя? — интересуется бабушка.

— Если их убить, то все умрут, — объясняю ей. — Потому что остальные испугаются.

— Ясно все, — вздыхает дядя Витя. — Вася, давай! Отмеченные не бери, мы их потом убьем.

А я чувствую, что где-то там есть кто-то, кто зовет меня. Я отпускаю руку Славки, делая шаги по направлению к главному экрану, пока не упираюсь в него. Мой взгляд будто сам собой прикипает к одному прямоугольнику, и я даже объяснить ничего не могу, зато это может сделать та незнакомая тетенька в форме.

— Василий! Приоритетная цель! — доносится до меня голос дяди Вити, а затем я чувствую руки Славки и чуть не падаю. На меня наваливается очень сильная усталость.

— Помогите, — просит кого-то он.

И меня берут на руки, чтобы отнести обратно на диван. Слабость такая, что даже шевелиться сложно, а огромный корабль работает. Я слышу доклады, какие-то слова, но не понимаю их сути. Мне не страшно, потому что о таком в школе рассказывали. Моя слабость — это откат от использования дара, потому что я еще маленькая, а выложилась, получается, как взрослая.

— Что ты там увидела? — тихо спрашивает меня бабушка.

— Там родное... Спасти... — пытаюсь я объяснить, но затем просто засыпаю.

Вот как-то мгновенно, раз — и глаза закрываются, как будто я последние силы израсходовала. Я засыпаю, через некоторое время увидев то самое черное место из моих снов. Или это были не сны? Но там все плачут, потому что очень страшно, а еще те, кто там находятся, очень смерти боятся. Но тут происходит что-то совсем невозможное — будто волной какой-то заполняет все вокруг теплый желтоватый свет, а затем ту, кем я стала, по моим ощущениям, куда-то несут.

И тут я засыпаю по-настоящему, только без снов, потому что сил больше действительно нет. Мне кажется, что проходят мгновения, но глаза я открываю уже в своей каюте, рядом со Славкой. А на маминых руках тянется ко мне совсем маленькая девочка. Ее ушки не показывают страха, но она так тянется, что я просто замираю, не в силах ничего сказать. Кто она? А мама подходит поближе, укладывая ее на плед, которым я укрыта, и вот теперь я вижу, что задние руки малышки как будто в мясорубку попали — они искорежены, выкручены. Что с ней сделали? Кто это? Почему я так хочу вылизать малышку?

Каперанг Винокуров

Зачем нам дети на борту, я теперь понимаю даже очень хорошо. Если бы не Ксия — впилились бы мы в аномалию с неизвестным результатом, но теперь-то мне все уже понятно: это точно Враг, потому что такие вещи, с аномалиями, мы пока не умеем, а наши друзья не делают — опасно это очень.

— Вот эти можно, но нельзя, — сообщает мне ребенок, спокойно обращающийся с манипулятором.

Откуда она это умеет, мне известно — это еще папа такие детские игры придумал, чтобы обеспечить и развитие, и кадровый резерв на всякий случай, но игры неожиданно стали чуть ли не повсеместными, а плоды мы пожинаем сейчас, что мне очень даже нравится. Ксия и сама не понимает, что говорит, но для меня все ясно: на указанных кораблях детей нет. Однако Ксия при этом не останавливается — будто сомнамбула идет она вперед, к экрану, ради такого дела расцепившись даже со своим Всеславом.

Услышав слова нашей эмпата, ибо они всегда женщины, я подаю команду о приоритетной цели Василию, а у Ксии заканчивается завод. Она все же ребенок, а дар сейчас использовала, хоть и не осознавая этого, на всю катушку. Сейчас ее унесут в каюту, а мы начинаем работу. Василий делит своих квазиживых на группы, ставится задача: эвакуировать детей, а всех остальных — по ситуации, и вскоре уже яркие звезды катеров устремляются к смирно висящим в Пространстве кораблям. Одно только исключение сейчас, как мы знаем, производит разгрузку, чтобы вскоре отправиться обратно. Тогда можно будет взять и тот корабль, на который он «разгрузился».

Сестренка трижды мне повторила о необходимости отпустить тот звездолет, который мы сопровождали, поэтому я просто жду, держа маркер управления наготове. В это время квазиживые врываются на никак не реагирующие на них корабли, стараясь работать одновременно, потому что тут важна синхронность. Их задача — парализовать корабли, не давая убить детей.

— Девятый готов, — слышу я в трансляции, при

этом один из дисков приобретает зеленую отметку безопасности. — Фауна уничтожена.

— Готовность по четырнадцатому, — спокойный голос квазиживого сух. — Фауна уничтожена.

Интересно, они о возможных взрослых отзываются даже не как о неразумных, а как о зверях — фауна. При этом просто уничтожая, что для десанта не слишком обычно. Что же такое они увидели внутри кораблей? Думаю, скоро узнаем.

Корабль, который мы сопровождали, отходит от диска, куда сразу же устремляется десант. Враги его, кстати, не видят, что само по себе интересно, потому что маскировка катеров несовершенна, а засечь должны хотя бы визуально. Это очень странно, на мой взгляд, но сигналы готовности сыпятся один за другим, а пушки наводятся на отмеченные Ксией корабли. Мы доверяем своим детям, поэтому сомнений у меня нет.

— Последний готов, — слышу я злой голос Василия, полный сдерживаемого гнева. — Фауна иммобилизована.

Вот она разница — Василий, судя по всему, связал неразумных для допроса и судилища. Что ж, теперь наша задача — уничтожить оставшихся и приступить к эвакуации, а затем придется долго и муторно разбираться в том, как это вообще произошло. Кажется мне, история может быть похожей на Тая и Лану. Да и... Ладно.

— Огонь, — командую я оператору оружейных систем. — Следователей на мостик.

Отмеченные маркерами моментально распадаются в пыль. Это означает, что защиты у них никакой не было, что для кораблей Врага необычно. Я же командую начало эвакуации. Это, на самом деле, комплексный процесс — в нем участвуют медики, десантники, техники... Стоп.

— «Альдебаран», буксиры у нас есть? — интересуюсь я.

— Два, командир, — лаконично отвечает мне разум корабля.

— Буксирам собрать «тарелки» в кучку, — отдаю я приказ. — Начать эвакуацию узников.

Никем другим они быть не могут, только узниками, при таком-то антураже. Я с Врагом не первый раз встречаюсь, но мне непонятно, где улей. Надеюсь, что щитоносцы смогут ответить нам на этот вопрос, а пока необходимо заниматься делом.

— По вашему приказанию прибыли, — звонко докладывает девушка из «Щита», отрекомендованная очень хорошим следователем.

— Так, товарищи, — разворачиваюсь к ним. Подтянутые, оба синеглазые, в одинаковых комбинезонах, они радуют глаз. Взгляд же следователей не выражает ничего. — Сейчас мы эвакуируем разумных с обнаруженных кораблей. Василий имеет пленными фауну, кроме того, на кораблях может что-то найтись. Ни в чем себе не отказывайте.

— Слушаюсь, — традиционно отвечают они хором и, четко развернувшись, исчезают за дверью.

— Не знал, что у щитоносцев строевая есть, — задумчиво произносит Петя. — Двигаются-то как...

— Да... — задумчиво соглашаюсь я, поворачиваясь затем к экранам, где вовсю идет работа. — Вась, чего там? — отрываю от дел командира десантников.

— Вся фауна принадлежит расе Ка-энин, — приговором звучит из трансляции, ибо значат эти слова не самые приятные вещи.

Выходит у меня, что вирус мог быть запущен отсюда, или же не было никакого вируса, а просто уничтожение одних и уход других. Разбираться с этим придется очень серьезно, и возможно, частично даже в нашем времени — платформа-то как висела, так и висит, по идее, так что разберемся.

Я не жду, конечно, быстрых результатов, но первый блок информации от наших следователей поступает уже через полчаса. Этот блок — запись, причем, насколько я понимаю, они просто блок памяти выдрали из какого-то устройства. Учитывая, что доставлен блок был срочно, на него стоит хотя бы посмотреть, а потом уже интересоваться, что это такое. Все-таки Щит никогда ничего просто так не делает.

— На экран, — решаю я.

Возникшая на экране картина представляет собой вполне обычный пейзаж планеты средней развитости. То есть дома, летающий транспорт, деревья. Весь вид вдруг заслоняет кот, выглядящий старым. И вот от его рассказа мои волосы едва ли дыбом не становятся. Да, я понимаю, почему нам переслали этот блок вообще без комментариев. Так сказать, разумному достаточно.

В далекие времена Ка-энин встретили тех, кого они назвали богами. Глядя на изображение такого «бога», я уже понимаю, о чем пойдет речь. Потому что передо мной на экране принимающая решения особь Врага. Подсознательно после всего я, наверное, ожидал его увидеть, вот только факт того, что детей практически в жертву принесли... Нужно разбираться в произошедшем и разбираться очень тщательно, потому что общий мотив мне понятен, а вот детали...

Детали могут быть многообразными, хотя, вспоминая моих девочек, я уже понимаю, что именно могло произойти, да и мир Тая с Ланой тоже активно намекал именно на такой исход. «Чужие» пришли на «запах» дара творца, они умеют его вычислять — так, собственно, и тетя Маша была найдена. А дальше, убедившись в том, что просто всех и все уничтожить будет контрпродуктивно... Кстати, а почему? Раньше они же просто уничтожали расы. Надо обязательно понять, почему в данном случае нет.

Аномалия. Орбитал прошлого

Ксия

Я вылизываю совсем маленькую девочку, даже не пытаясь сдержать слезы, а мама рассказывает. Она мне говорит о том, что это моя сестра-близняшка, что мне очень странно слышать, ведь мне должно быть сейчас миулов семь, а ей едва-едва три, но мама не может обманывать, а значит, тут какая-то загадка. Она тянется ко мне, но имени своего не знает и не говорит совсем, только попискивает. На слово «Кха-ис» совсем не реагирует, а ведь это название семьи, значит...

— Мамочка, ее накормить надо и имя дать, — сообщаю я маме, устраивая сестренку. Мама же сказала, что она сестренка, значит, так и есть.

— Хорошо, доченька, — кивает мамочка, погладив младшую, которая от ее жеста тянется за ласковой рукой, так этим напоминая меня в самом начале.

Мама не забыла, как было со мной, особенно как мне было трудно есть ложкой, поэтому берет младшую на руки, выдавая бутылочку. При этом мы все гладим пока еще безымянную по неизвестной причине малышку. Получается, ее забрали до того, как Хи-аш появилась? Хи-аш имя не дает, я помню, его при рождении дают, но... Разве это возможно? Малышка бы не выжила без Хи-аш...

— Будешь зваться Киу, — улыбается маленькой мамочка. — Чтобы на сестренку походить.

— Мама, но у нас же не обязательно на одну букву зваться... — начинаю говорить я и осекаюсь, потому что Киу улыбается, не отрываясь от бутылочки, просто ярко-ярко улыбается. — Значит, пусть так и будет, — понимаю я и, погладив малышку, произношу: — Здравствуй, Киу, здравствуй, сестренка!

Киу разговаривать не умеет, но все-все понимает, сразу же приняв маму. Ну это понятно, если не было Хи-аш, хотя, как такое возможно, я не могу осознать. Маленький ребенок не выживет без Хи-аш или мамы. Значит, кто-то все же был, при этом задние руки у нее выглядят очень нехорошо, как будто их специально кто-то... неужели Киу мучили? Наверное, мама что-то об этом знает, но боится моей реакции. Может такое быть? Я чувствую, что да.

— Ножки малышке на «Панакее» восстановят, — вздыхает мама. — Вот только все остальное... Доченька, я не знаю, как ты воспримешь новости, давай подождем до госпиталя, там, если что, хотя бы помочь успеют.

Значит, есть что-то страшное настолько, что я могу не выдержать. Что это может быть? Даже идей нет, я пытаюсь сосредоточиться, но тут Славка начинает гладить меня промеж ушек, и все мысли куда-то убегают. Я, конечно же, тихо урчу, поэтому думать не могу, о чем он знает. Значит, Славка отвлекает меня от мыслей, а раз он так делает — это правильно, не буду пока думать.

— Хорошо, мамочка, — киваю я, помогая ей вылизать сестренку, закончившую с бутылочкой.

Киу улыбается, расслабляясь в маминых руках. Она как-то мгновенно доверяется, копируя мое урчание, ведь ей сейчас очень тепло и хорошо, а сестренку вылизывать можно, она меня за маму не примет, ведь мы и так родные. Так мы и сидим в каюте. Мама в это время одевает малышку в платье, чтобы не тревожить ноги, хотя они у Киу в прозрачном бандаже сейчас — так называется специальная фиксация, чтобы больно не было. Совсем скоро мы отправимся на «Панакею», где сестренку починят, а мне расскажут страшные новости. Хотя какие новости могут быть для меня настолько страшными, я и не знаю.

— Конец эвакуации, — сообщает разум звездолета в корабельной трансляции.

— «Альдебаран», включи, пожалуйста, фильм для малышей, — прошу я его.

На экране появляется наш детский сад, заставляя меня улыбаться. Сейчас Киу увидит, как мы живем, да и время так пройдет быстрее. Я вижу знакомую площадку, где мы со Славкой познакомились, тихо хихикнув от воспоминаний. Он тоже улыбается, отреагировав на то, что изображается.

— Вспомнила, да? — с улыбкой спрашивает меня самый важный человек в жизни. — А помнишь, как мы познакомились?

— Я тебя лопаткой стукнула, — признаюсь я, испытывая смущение, а мамочка смеется отчего-то.

— Чудо ты мое, — сообщает мне Славка. — С лопаткой.

— А ты потом совсем другим стал, — припоминаю я. — А почему?

— Мне папа все объяснил, — слышу я в ответ, думая о том, что надо дяде Володе спасибо сказать.

Я знаю, что сейчас мы прыгнем обратно к «Панакее» и там уже будут новости... Прижавшись спиной к Славке, я глажу наслаждающуюся этим Киу, тихо урча, потому что он тоже не перестает гладить. Сестренка смотрит на экран так, как будто видит чудо. Я понимаю, ведь на ее месте я тоже была, воспринимая обычную жизнь настоящим, невозможным чудом. Малышка время от времени оборачивается на меня, будто желая проверить реакцию, и снова возвращается к экрану, очень скоро начиная тихо-тихо плакать. Я знаю, что это значит, ведь у меня была неправильная Хи-аш: Киу наказывали за слезы, поэтому я прижимаю сестренку к себе, стараясь сделать так, чтобы она не видела опасности.

— Боится плакать, — объясняю я суть проблемы Славке. — Уже можно, — это я говорю Киу, которая от моих слов сначала замирает, а потом просто ревет.

Мамочка пугается, сразу подхватывая малышку на руки, но я знаю такой плач: Киу надо просто поплакать, очень надо, тем более что уже можно. И мама понимает это, качая в руках плачущего ребенка. Что же с ней делали? Как мучили? Какие у нее кошмары будут? Мне кажется, я угадываю, что хочет мне сказать мамочка и боится, но думать об этом не хочу, потому что я послушная девочка.

Доплакав, Киу засыпает, но мама ее держит на руках, и я знаю почему: кошмары могут начаться. У меня были, но потом сошли на нет, потому что во сне я бывала в совсем другом месте. Мне нужно еще подрасти, и тогда я буду учиться обращаться со своим даром, а пока нельзя, ведь я ребенок. Мало ли что там увидеть можно...

— Странно, что у нее имени не было, — делюсь я со Славкой. — Значит, ни мамы, ни Хи-аш она не знает, а тогда непонятно, как выжила.

— Эх, доченька, — очень грустно произносит мамочка, потянувшись рукой меня погладить.

Здесь совершенно точно скрыта какая-то тайна, которую обязательно надо раскрыть, потому что уже очень интересно, просто невозможно сказать как. Славка, мне кажется, что-то понимает, потому просто гладит меня, отчего все мысли разбегаются. Я же обещала потерпеть, так что терплю, даже стараясь не думать над тем, что могло настолько расстроить мамочку. Даже идей нет.

— Приготовиться к стыковке, — звучит голос «Альдебарана» в трансляции, отчего я подскакиваю на месте.

Это значит — совсем скоро Киу вылечат, а я... Я узнаю страшную тайну. Судя по тому, как себя мама ведет, тайна очень страшной будет, так что нужно подготовиться.

Каперанг Винокуров

Лица следователей явно невеселые, да еще девушка опирается на юношу, что мне говорит очень о многом. Что же у них такое изменилось-то, что так сильно подействовало? Впрочем, судя по выражениям лиц обоих, новости у нас не сильно веселые. Сейчас заканчивается эвакуация, а наши следователи наскребли уже столько, что мало, боюсь, не покажется.

— Хорошо, — вздыхаю я, уже предчувствуя. — Докладывайте.

— Прошу внимание на экран, — как и в прошлый раз, слово берет молодой человек, хотя не такой уж он и сильно молодой, насколько я знаю. — Документы обнаружены в сейфе главного...

— Выродка, — емко заканчивает за него девушка.

На экране появляется заставка, говорящая о том, что кадры документальные, на них я вижу почти разрушенный улей Врага и довольно много его малых кораблей. Учитывая разрушение корабля-носителя, предсказать, что произошло затем, довольно просто. Мы подобную историю уже видели с нашими Отверженными.

Итак, звездолет котов встретил полуразрушенный улей Врага, у которого есть только одна задача — уничтожение носящих дар. Неизвестно, каким конкретно способом, но Враг сумел стать высшим существом для наивных котов, назвав носящих дар проклятыми. Подобную историю мы знаем по Таю с Ланой, только у них таких называли «агры». Соответственно большая часть взрослых котов смерть свою только изобразила, потихоньку забирая с планеты взрослеющих котят и убивая носителей дара. Вирус был разработан ими, а распространяла его платформа.

— Ксия и ее маленькая сестра родились на планете, при этом было решено поставить эксперимент: разделить близняшек и посмотреть на эффект, — объясняет мне девушка.

— И мать это допустила? — удивляюсь я.

Следователи поднимают на меня такие взгляды, что становится просто не по себе, но я понимаю, что они мне хотят сказать. Даже несмотря на мое понимание, я хочу это услышать. Невозможно просто то, что значит их молчание, да и боль, отражающаяся в глазах.

— С детьми это проделала мать, Виктор Сергеевич, — будто мертвым, ничего не выражающим голосом произносит щитоносец. — Именно мать мучила младшую, именно она разделила их, считая проклятыми. С нашей точки зрения, все взрослые коты — фауна. И хотя судить их должны разумные, я предлагаю просто утилизировать.

Этот вопрос можно решить и позднее, когда новости переварю. А новости у нас очень сложны, потому что фауна, закрытая в специальных отсеках, является биологическими родителями многих котят. И узнай они, что вируса в том виде, о котором они знают, практически не было, а предали их родители... Я не знаю, что будет с детьми. Просто не могу себе представить, как сам бы на такое отреагировал. Вернемся — будем думать, а пока... Пока нам надо восстановить два десятка обнаруженных узников.

— Эвакуация завершена, — сообщает мне разум «Альдебарана». — Всего эвакуировано тридцать два ребенка.

— К «Панакее» на максимальной скорости, — приказываю я.

Сестру Ксии отдали Вале, дальше они сами разберутся, но вот как сказать малышке, что приговорила ее собственная мать, я не знаю. Племяшке можно только посочувствовать. Ничего, мы справимся. Пройдет всего два дня и котята встретят наши звездолеты, обретая семью, а нам нужно сейчас спасти всех. И тех, кого можно, и тех, с кем все сложно. Ситуация у нас очень грозная, именно поэтому и нужно спешить.

История практически полностью соответствует тому, что помнили Тай и Лана, один в один просто, но тут уже древней книгой не пахнет, ибо подобное сделали взрослые со своими собственными детьми, готовя планету к уничтожению, как следует из документов. И даже тот факт, что Враг исчез, будучи полностью уничтоженным, их не остановил — они продолжали убивать своих детей. Вот почему вирус казался таким странным... ладно, ученые разберутся. Хорошо хоть до «Панакеи» сравнительно недалеко.

Я поднимаюсь из-за стола, за которым сидят двое очень много сделавших для нас щитоносцев. Надо будет попросить, чтобы их премировали, что ли...

— Вы молодцы, ребята, — говорю я им. — Такими офицерами гордится Человечество.

Вот, заулыбались, молодцы какие. Грусть из глаз пропала, готовы к новым свершениям. Но свершений не нужно, сейчас им можно отдыхать, а мне готовиться к очень неприятным разговорам, хотя щитоносцы правы — проще было бы утилизировать, но просто нельзя. Мы разумные существа, поэтому решать будет Человечество. Рано или поздно решит Человечество, а не Щит, и не я, но пока мы летим.

— Выход, — совершенно незаметно пролетают

два часа, и вот мы уже в Пространстве. — Экстренный к «Панакее».

— Четвертый шлюз, — слышится в ответ.

Потерпите, малыши, совсем скоро вам помогут, а потом будут мама и папа, которые вас совершенно точно не предадут, потому что мы разумные существа. Мы не сможем предать детей и будем драться за них до последнего. «Альдебаран» стыкуется чуть ли не напрямую, после чего всех доставленных детей немедленно отправляют в царство медицины.

— Вэйгу, синхронизация каналов, — командую я, потому что мы военные и на каждое действие нужно разрешение.

— Выполняю, — отвечает мне разум медицинского отсека. — Большинство в критическом состоянии, — информирует он меня.

А то я не знаю... Мне это еще как известно, потому что статистика доступна каждому, особенно командиру корабля. Вот сейчас доктора ужаснутся, и начнется очень активная работа по спасению жизней.

— Валя, можете проследовать в госпиталь, — тронув пальцем сенсор трансляции, сообщаю я.

— Входящий с «Меркурия», — докладывает мне офицер связи.

— На экран, — коротко реагирую я.

— Товарищи, это Киан! — звучит взволнованный голос Тая. — Это совершенно точно Киан, а еще… Вот этот представитель фауны управлял программатором.

И на экране я вижу хорошо зафиксированного взрослого кота. Он скалит зубы, что-то злобно шипит, но автопереводчик я не включаю, потому что мне неинтересно, что может сказать предатель своих детей. Это совершенно точно представитель фауны, ибо разумным подобное существо быть не может.

Что же, нам остается только закончить здесь, немедленно отправляясь обратно, где Человечество решит. Совершенно точно Человечество сможет решить, что именно надо делать с обнаруженной фауной, ставившей опыт на своих собственных детях. По-моему, в истории Человечества такого еще не было. Новые вызовы, новый опыт…

Пространство. Путь во времени

Ксия

Мама долго боится мне рассказать, я вижу ее страх за меня, но мне уже не страшно, потому что у меня есть Славка, а с ним я готова к чему угодно. Я уже думаю предложить не говорить об этом, но тут добрая докторша дает мне выпить стаканчик с чем-то мятным, от чего хочется мурлыкать. Такое ощущение возникает странное, как будто ничего плохого быть не может.

Мамочке очень сложно, я это вижу, но как ей помочь, не знаю. Тут приходит и папочка, обнимая ее, а потом тяжело вздыхает. Я помню, что утаивать от детей что-либо, особенно важное, не принято у людей, но родителям так тяжело...

— Может быть, потом, когда подрасту? — спрашиваю я их. — Ну или вообще не надо...

— Это было бы хорошим решением, если бы не Киу, — спокойным голосом объясняет мне папа. — У нее будут кошмары, поэтому лучше сейчас, пока ты себе ничего не придумала.

И тут в мою голову заползает страшное подозрение, но я его даже сформулировать не могу, не то что высказать. Славка обнимает меня покрепче, и папа начинает свой рассказ. Но начинает он не с Киу или меня, а с истории Человечества. Он рассказывает о тех, кого мы называем просто Враг, зачем этот самый Враг хотел уничтожить Человечество... Я про Врага знаю, потому что семейные же истории никто не скрывает, но сейчас начинаю проводить параллели, как нас учили в школе.

— Однажды звездолет Ка-энин встретил тех, кого они назвали богами, — негромко произносит папа, и на экране появляется изображение.

Знакомый мне чем-то корабль висит напротив сильно разрушенного, страшного даже в таком состоянии звездолета. Это так называемый «улей» — основной корабль «чужих», а нем много маленьких, вроде тех, что я видела совсем недавно. Нам в школе рассказывали, а теперь я вижу, как Ка-энин склоняются перед теми, для кого они просто еда...

— Они назвали носителей дара проклятыми, —

продолжает свою речь папа, а я плачу. Я уже понимаю, что он скажет затем: нас всех предали. — Но творцов просто так убить сложно, их число для определенной расы может в подобном случае вырасти, что у вас и произошло.

— Не было вируса, да? — тихо спрашиваю я, пытаясь осознать сказанное мне.

— Почему не было? Был, — хмыкает папа, прижимая к себе готовую заплакать маму, и мои руки сами к ней тянутся. — Только направлен он был на взрослых особей с даром творца, а дети служили для экспериментов.

— Они убили маму, да? — еще на что-то надеясь, спрашиваю я, и тут мамочка принимается меня обнимать, целовать и плакать. И я понимаю.

Я понимаю, почему она так боится мне это сказать, я бы тоже не смогла — язык не повернулся бы. Меня предала родная, биологическая мать. Я все понимаю по взгляду папы, ставшему очень тоскливым, по слезам мамочки, не желающей меня отпускать, как будто меня отнять хотят.

— Ты моя мама, — говорю я ей. — Нет у меня других мамы и папы, кроме вас. А та, что предала меня...

— Ты все поняла, — вздыхает папа, рассказывая мне, что у Киу была «мама», которая мучила мою сестренку, желая узнать, не будет ли от этого плохо мне. Она очень хотела, оказывается, чтобы мне было плохо...

Папа очень осторожно рассказывает, но я вспоминаю мою Хи-аш, которую, оказывается, просто убили, как и всех взрослых, кто обладал даром. Вот она была настоящей, а свою биологическую я и не знала никогда, потому мне она не важна. Вот только сестренку жалко очень, потому что у нас же формируется эмоциональная привязанность, а ее мучила мама. Как сестренка теперь будет? Сможет ли людям поверить?

Киу сейчас у докторов. Ей задние руки исправляют и остальное, что могут, но страх, наверное, останется, поэтому я буду ее вылизывать и любить изо всех сил. Она поймет разницу, просто обязательно. Нам скоро за ней идти — кормить, одевать и показывать Киу, что нет ничего на свете дороже нее у мамы и папы. И у нас со Славкой, конечно. А потом мы будем возвращаться в наше время.

— Спасибо тебе, доченька, — негромко говорит мне мама, а я все не понимаю: за что?

— А чего ты боялась, мамочка? — интересуюсь я.

— Сначала, что сердечко у тебя заболит, — объясняет она мне, а затем вздыхает и заканчивает: — И того, что перестанешь всем верить.

— Этого не будет, мамочка, — качаю я головой. — Мой Славка не позволит.

— Не позволю, — соглашается Славка, опять гладя меня так, что хочется урчать. И я урчу, конечно, это же Слава, ну и мамочка сразу улыбаться начинает.

Мы выходим из каюты, потому что, пока Киу лечат, мы на «Панакее» живем. Здесь коридоры отличаются от «Альдебарана» — они не темные, а светлые, на стенах обозначения специальные. Папа говорит, что это названия уровней и отделений. Мы в детском находимся, поэтому светло-зеленые стены цветочками украшены и картинами кораблей, моря... ой, а вот лес!

Свет чуть желтоватый, я могу его отличить от яркого, поэтому, наверное, он приятный — прямо как солнышко. Люди на всех планетах называют свою звезду Солнце, даже если оно совсем непохоже на то, что было на Праматери. Но это просто традиция такая, как и спутники называть лунами. Мы выходим плотной кучкой, потому что Славку надо обнять, и мамочку тоже, отчего идти непросто, на зато мне комфортно, и им тоже, я чувствую.

Мы проходим мимо четырех палат — нам надо в пятую с розочкой на двери. Там стоит капсула, в которой скоро сестренка моя любимая проснется. Капсула — это овоид такой с прозрачным верхом. Когда проснется Киу, крышка откроется, позволяя мамочке взять младшую доченьку на руки. А я ее вылизывать буду, поэтому готовлюсь, сестренка же.

Мы входим в светлую палату. Она ярко освещена, но стоит нам войти, и свет меняется в сторону желтого, чтобы глаза не болели. Крышка, даже не дожидаясь нажатия на сенсор, поднимается, и сестренку сразу же укрывает белым. Это псевдоткань такая, чтобы не пугалась того, что неодета, только сестренка именно этого точно не испугается.

— Доброе утро, доченька, — очень ласково говорит мамочка, вынимая Киу из капсулы. Ее задние руки рефлекторно поджимаются и, почувствовав это, сестренка сразу плакать начинает, поэтому мы все ее обнимаем.

Мы ее все очень-очень любим, поэтому спустя некоторое время после вылизывания и мной, и маминой щеточкой, она уже счастливо урчит. Мама надевает на сестренку комбинезон, отчего урчание даже громче становится, потому что он совершенно точно защищает, а затем мы все вместе идем на «Альдебаран», в нашу каюту. Мы идем и урчим — ну точнее, я с Киу урчу, а остальные просто улыбаются. Сестренка едет на маминых руках, громко показывая всем, что у нее все хорошо и она счастлива.

Каперанг Винокуров

На следователей смотреть, конечно, жалко. При всем том, что они уже многого наслушались, при их опыте, они тем не менее продукт нашего общества, и допрашивать убийцу детей им непросто. Но, видимо, испытания дали им понять что-то друг о друге, потому что держатся они рядом. Сейчас мы собираем и сортируем всю доступную информацию, дабы было что доложить по возвращении.

На мой взгляд, взрослые коты — больные фанатики типа наших Отверженных. Можно ли их вылечить и надо ли лечить... Это решат все Разумные, ибо дело касается не только Человечества, а пока оформляются записи допросов для трансляции. Точнее, сначала доложимся отцам-командирам, а потом уже и решим вопрос трансляции, но скрывать такое чудовищное злодеяние я не считаю возможным. Скорее всего, такого же мнения будут и отцы-командиры.

— Вы отлично поработали, ребята, — сообщаю я им. — Спасибо!

— Можно спросить? — совсем по-детски задает вопрос девушка. — А как Ксия отреагировала?

— Пока точно не скажу, — хмыкаю я. — Сейчас спросим.

Я задумчиво смотрю на коммуникатор, но затем

выбираю не сестренку, а племяшку, ибо кому как не ей знать. Проходит некоторое время, прежде чем она отвечает на вызов, а я оцениваю выражение ее лица — улыбчива, держит на руках младшую дочь... Видимо, я их от питания отвлек.

— Валя, скажи, пожалуйста, как перенесла новость Ксия? — интересуюсь я.

— Хорошо перенесла, — улыбается мне племяшка. — Но она уже и сама догадалась, так что это не показатель.

— Спасибо, — благодарю я, отключившись затем. — Вот так, ребята... Они не знают своих матерей, а отцов и подавно.

— Хорошо, — кивает щитоносец. — Тогда мы пошли.

Отпустив следователей, запрашиваю «Панакею» на предмет возвращения. В трюме у нас есть пара черных кораблей, будет ученым что поизучать, а мы вполне можем возвращаться, насколько я понимаю. Оставаться дольше опасно — можно парадокс создать, и тогда мало никому не будет.

— «Панакея» дает добро, — сообщает мне «Альдебаран».

— Внимание всем, начать всплытие, — командую я, вздыхая.

«Всплытием» называется возвращение обратно по реке времени, в наше время. Обычно это не самый простой процесс, но сейчас «Альдебаран» ледоколом идет вперед, раздвигая слои времени, потому проблем мы не ожидаем. Детей у нас суммарно тридцать три оказалось — еще одного почти замученного котенка нашли в помещении реактора параллелепипеда. Ребенка готовили к уничтожению, но наша активность слегка спутала карты фауне. На самом деле, их бы уничтожить, но мы не палачи. Одно дело активно сопротивляющиеся, совсем другое — впавшие в шоковое состояние от вида нашего десанта. Те морфировали под боевые особи Врага, вот у котов шаблоны и посыпались. Удобная эта функция изменения тела, но в данном случае сработали мини-проекторами.

Скоро вернемся и будем разбираться, что и как у нас есть. Все-таки историю мы совсем немного, но изменили, правда, изменения пройдут только после нашего возвращения. Как именно это работает, я не знаю, не физик я, а командир боевого звездолета, пострелять которому пришлось совсем немного.

— «Альдебаран», прогноз на всплытие, — запрашиваю я разум корабля.

— Прогноз два часа, — слышу в ответ, что моим расчетам соответствует.

— Благодарю, — квазиживой такой же разумный, как и мы, правила вежливости никто не отменял.

Два часа у меня есть, чтобы привести в порядок мысли, ибо затем начнутся бег и прыжки. Можно сказать, нашлись ответы на все вопросы. Латентный вирус в крови котят был результатом распыления этого самого вируса платформой. Вот только почему мы не нашли взрослого на платформе?.. Но ответ, скорее всего, в том, что не искали. Или же... Или же дело во временной петле, что тоже вероятно. В обнаруженную аномалию надо будет кого-нибудь послать, кстати... Но это решать уже буду не я.

Большинство взрослых котов, неодаренных, кстати, нами обнаружено. Всех, кто даром обладал, они уничтожали, отсюда и сказки о страшном вирусе. На самом-то деле, ставшие фауной взрослые уничтожали детей за то, что они есть. Кстати, а почему не решили сразу всю планету? Этот вопрос я как-то запамятовал... Могли опасаться, что начнут рождаться творцы среди них, или же жили где-то на поверхности. Но если где-то жили, то, в принципе, обнаружить есть шанс — обследовав планету, на которой, возможно, остались еще котята. Значит, по прилете дадим код и быстро летим к планете котят — наше дело не завершено.

— «Альдебаран», на выходе — три единицы на базу и курс к Ка-эд, — решаю я.

— А мотив? — светски интересуется разум корабля. Его можно понять: как-то резко я планы меняю, это не к добру.

— Коты могут быть на Ка-эд, удерживая тех детей, что к нам не попали, — объясняю я «Альдебарану». — Ведь к нам шли добровольно, а планету мы не сканировали. Так что вполне возможен некий подземный лагерь.

— Подтверждаю, — соглашается со мной разум звездолета. — Я о таком и не подумал.

— Да мы все о таком и не подумали, — тяжело вздыхаю я, размышляя о том, что произошедшее, на самом деле, недоработка Щита. Думаю, Феоктистов учтет наши находки.

Два часа проходят в тишине и покое. После папиного путешествия мы значительно улучшили двигатели, так что теперь опасность минимальна. Судя по индикации — выходим в Пространство. Сейчас последует доклад, и будем разбираться. «Альдебаран», конечно, знает, что после трех единиц надо получить мое подтверждение старта по курсу, а я вот об этой инструкции забыл, вывалив все ему сразу.

— Выход завершен, — сообщает мне разум звездолета. — Три единицы переданы, ожидаю подтверждения. Временное смещение незначительно.

Это он сигналы навигационных буев поймал и вычислил текущую дату. Я бросаю взгляд на экран, на котором отображается текущая дата. Первое памяти. Символично, надо сказать. Я жду подтверждения базы, а пока можно вызвать «Меркурий», только что появившийся на экране.

— «Меркурий», вы остаетесь с «Панакеей», — произношу я. — Защищать от всего по коду три единицы.

— «Меркурий» понял, — отзывается Тай.

— «Альдебаран», что произошло? — интересуется дежурный Базы.

— Доклад по прибытии, — произношу я, вздохнув. — У меня возможная опасность для детей.

Вот теперь он удивляется. Учитывая щелчок в канале связи — микрофон отключил, чтобы поудивляться в тишине на традиционном флотском наречии. Понять диспетчера можно, но нам пора лететь к планете котят. Есть вероятность, что мы можем кого-то спасти, ну или хотя бы обнаружить.

Пространство. Первое памяти

Каперанг Винокуров

Детей надо было «Панакее» передать, но теперь уже поздно: мы очень быстро движемся в сторону Ка-эд. Времени на размышления нет, а штаб Флота сейчас доверяет мне и моему мнению. У нас иначе нельзя, что в данном случае очень хорошо — время не потеряю.

— Десанту готовность, — отвлекаю я Василия от отдыха. — Возможно, коты мучают детей на планете, а мы просто...

— Пролюбили, — понимающе отзывается командир десанта.

Это у него словарь после путешествия с папой значительно расширился. На самом деле, он у нас у всех пополнился после приключений-то. Но сейчас мы быстро летим к планете котят, мои руки сами выставляют конфигурацию щитов, а я продолжаю разговор с Васей.

— Где-то так, да, — вздыхаю я. — Еще надо внимательно осмотреть орбитальную платформу, чтобы она нам никаких сюрпризов не устроила.

— Пошлю квазиживых, — кивает он, на мгновение всего задумавшись. — Ты что ожидаешь?

— Понимаешь, — я припоминаю ход моих рассуждений, — тот факт, что они не уничтожили физически жизнь на планете, может значить, что фауна сама обитает на ней.

— Имеет право на существование, — соглашается со мной Василий. — Тем более что планету мы не сканировали, организацию взяли на себя коты.

— В свете имеющейся информации... — начинаю я, но командир десанта уже кивает — он понял.

Да, информации у нас полно, спасибо щитоносцам. Именно поэтому мы и летим со всех дюз, чтобы, возможно, успеть, хотя стоило бы действовать иначе, но тут вряд ли вышло бы. Как посчитать всплытие не на полный срок, я себе не представляю, а обслуживающий темпоральный двигатель офицер молчит. Расспрашивать его я не стану, если надо будет, сестренки все посчитают, у них группа аналитиков есть.

— Выход, — предупреждает меня «Альдебаран». Работа начинается.

— Маскировку на максимум, боевая тревога, — командую я, потому что, с кем мы встретимся, вообще неизвестно. — Сканирование платформы.

Платформа, когда всех котят забрали, осталась висеть над планетой, при этом считалось, что там нет никого, только автоматика. Но вот сейчас я наблюдаю какое-то шевеление. По-моему, они там звездолет собирают. Теперь бы еще выяснить, кто эти самые «они», и можно работать. Сижу, жду результатов сканирования, а Вася ждет моей отмашки. Загорается экран, причем без объяснений.

На экране видны работающие взрослые коты, время от времени поглядывающие на низкорослых своих собратьев. Те стоят на платформе, на ногах, сжимая в руках нечто, очень мне напоминающее лазерное оружие Тая и Ланы. Я пытаюсь сообразить, что именно вижу, но у меня с ходу не получается.

— «Альдебаран», анализ, коротко, — прошу я разум звездолета, потому что идея у меня одна и она выглядит странной.

Года три-четыре прошло с момента эвакуации — для них, конечно, больше, потому что в месяце по двадцать два оборота планеты. Но вот кажется мне, что отчего-то котята, которых использовали в качестве материала для экспериментов или каким-то похожим способом, подняли восстание, одержав верх. В любом случае, они, скорее всего, переговариваются, так что сейчас и узнаем.

— Анализ переговоров и наблюдаемой картины, — предупреждает меня разум звездолета. — Это выжившие дети, взявшие в плен взрослых. Достоверность пять. Они скоро построят корабль, потому что связи нет. Достоверность девять. Они хотят присоединиться к тем, кто обрел родителей. Достоверность шесть. Группа сомневающихся говорит о том, что люди не примут убийц.

— То есть десант нужен, но потом, — понимаю я, а затем снимаю маскировку, оставив щиты. Учитывая, что шкала у разума звездолета десятибалльная, все понятно. — Здравствуйте! — произношу я, а разум звездолета сам переводит мою речь на Ка-энин. — Мы пришли с миром!

И вот тут на платформе начинается странная активность — низкорослые Ка-энин бросаются к большой удлиненной... хм... штуке. При этом взрослые особи тоже отбрасывают свои инструменты, бросившись помогать. Мой дар говорит мне, что давать привести в действие этот странный объект нельзя, несмотря даже на то, что целят не в нас, а в планету. А может быть, именно поэтому.

Я резко подаю «Альдебаран» вперед, почти касаясь атмосферы, но совершенно точно перекрывая директрису огня, что котов не останавливает. Щиты у нас на максимуме, поэтому, когда они открывают огонь, не происходит ничего. Разум звездолета обладает той же информацией, что и мы, и залп даже не озвучивает, а визуализирует строкой на экране. Так, что-то такое я и подозревал.

— Паша, отстрели им энергоустановку, — вежливо прошу я вахтенного офицера, сидящего сейчас за пультом оружейных систем.

— Минуту, — сосредоточенно произносит он и спустя несколько мгновений уже удовлетворенно заключает: — Готово.

— Вася, займись агрессивной фауной на платформе, — обращаюсь к командиру десантников. А сам, подключив телескоп, внимательно рассматриваю то место, куда фауна целила.

— Выполняю, — отвечает мне Василий.

Отсюда заметно нечто вроде купола на поверхности планеты, судя по серебристому отблеску. Фауна явно хотела уничтожить его, а это значит, там может быть скрыто что-то важное. Оставшиеся у меня в резерве десантники на одном катере уже несутся в направлении установленного мной маркера. Ситуация становится совсем непонятной, но я ничего не делаю, ожидая сведений от наших десантников.

— Это ловушка была, командир, — сообщает мне Василий. — Не на нас ловушка, а на котят, которые, по утверждению фауны, обязательно должны были стремиться сюда.

— Ну мотив этой уверенности нам уже известен, — вздыхаю я. — Дети среди них есть?

— Детей нет, — отвечает командир десанта. — А вот то, что их изображало, должно быть еще изучено.

Очень мне любопытно становится, но сейчас нужно реагировать, а раз обнаружена неизвестная форма жизни, вряд ли разумная, необходимо известить главную Базу. Только Машку сюда не надо, это не Контакт, а совсем другая сказка.

— Сигнал «единица два нуля» на Базу, — приказываю я. — Запрос эвакуатора по моим координатам.

— Подтверждение получено, — отвечает мне «Альдебаран».

Больше пока ничего не требуется. Между тем на связь выходят десантники с планеты, запрашивая экстренную эвакуацию. Понятно все... Судя по всему, мои ощущения, подкрепленные даром, подтвердились. Теперь нам нужно эвакуировать детей — причем сдается мне, и тут сюрпризы будут

— да и поставить окончательный крест на этой истории.

Спасатель Александр

Последнее время эвакуатор часто двигается с группой Контакта, потому что это самый защищенный звездолет Человечества. Но мы научились предугадывать катастрофы, а аварии случаются все реже, отчего скука — основная моя проблема, но уходить и передавать корабль квазиживым я не спешу. Вот и сегодня мне совершенно нечем заняться, а у детей каникулы, ибо месяц специфический у нас. Месяц памяти всех погибших на пути к Звездам, отчего и любимая моя, и весь выводок детей сегодня на звездолете. Ничто, можно сказать, не предвещает, но внутри меня зреет ощущение приключения. Для меня любая работа — приключение.

Уложив младших детей отдыхать с мамой, а старших усадив у экрана, я направляюсь в рубку. Беспокоит меня что-то, а вот что, я определить не могу, несмотря на уверенное владение своим даром. Пролетевшая совсем недавно волна запрета на экскурсии детей тоже беспокоит, потому как Щит просто так не дергается, а о сне

Викиной младшей внучки я осведомлен. Но подобные сны просто так не бывают, так что...

— «Варяг» по коду сотня, — совершенно неожиданно, заставляя меня подпрыгнуть в кресле, где я незаметно для себя устроился, звучит голос дежурного по Главной Базе Флота. — Координаты... Будьте осторожны.

— «Варяг» понял, — автоматически отвечаю я, хотя информация до мозга не дошла еще. — Щиты на максимум, гиперскольжение.

— Координаты принял, — сообщает мне разум звездолета, — начинаю движение.

Код сотня — это еще не «все плохо», но и хорошего мало, так что надо быть действительно внимательным, а у меня дети на борту. Но высадить их я не успею, поэтому и не задумываюсь об этом. Пока «Варяг» ведет корабль, рассматриваю полученные координаты, приходя в замешательство — это Ка-эд, планета котят. По идее, мы оттуда всех забрали. А что, если нет?

— Вэйгу, максимальная готовность, — приказываю я разуму госпиталя корабля, потому что, если мы кого-то не забрали, ситуация у лишенного всего котенка может быть угрожающей.

Странно, у них же принципы, созвучные нашим, как мы могли тогда кого-то «забыть»? Да еще и код — «сотка», чего не было вообще никогда, хотя что он значит, я понимаю. Опасность для детей имеет ту же категорию, что и опасность для Разумных, но код чуть отличается, ибо инструкции все ж таки разные.

— Муж, случилось чего? — интересуется любимая моя через внутреннюю трансляцию.

— К котятам летим по коду сто, — объясняю я ей. — Так что лучше детей чем-нибудь занять.

— Ясно, — коротко отзывается Лика.

Она у меня умница большая, все сама отлично понимает, поэтому и не возражает. Так что дети сейчас будут пристроены, любимая моя дергаться тоже не станет, а я пока начну выяснять, что у нас за сказки странные такие. На деле меня, конечно, проинформируют, как только прибуду, ну или попробуют для начала повоевать. Хотя в «повоевать» ни я, ни мой дар не верят. Что же...

— Выход полчаса, — информирует меня «Варяг», на что я только молча киваю.

Можно идти от кода, на самом деле. Если судить по нему, то у нас имеется опасность для Человечества, то есть где-то замешан Враг, при этом частично неактивная. И что это может значить? Так я могу гадать долго, но ближе к разгадке меня это не делает. Стремительно бегут минуты, я готовлю маскировку на всякий случай, при этом выводя защитные поля на максимум. И вот в момент, когда вместо мельтешения плазменных полос на экране появляется Пространство, я слышу сигнал автоматического информатора.

— Система запрещена к навигации, — произносит лишенный всяких эмоций голос. — Немедленно покиньте сектор.

— Здесь «Варяг», — сообщаю я, направляясь к громаде застывшего на орбите, что не сильно принято, линкора. — Кому нужна помощь?

— Привет, братишка! — откликается знакомый голос. Витька, брат. Ну логично, кто еще мог бы меня позвать по такому коду? — Надо с планеты эвакуировать детей. Скорее всего, они в тяжелом состоянии.

— Понял, — киваю я, направляя «Варяг» к планете. — «Варяг», работаем всем кораблем.

Чем я хуже папы, в конце концов? Шарообразный звездолет войти в атмосферу может, хоть это и не сильно полезно для планеты, но опасность для жизни детей... А чем еще может быть сказанное мне братом? Именно поэтому я даю сигнал готовности Рае и Ли, а сам наблюдаю за бережным спуском к указанной точке. По мере приближения все больше вырисовываются десантные транспорты, усевшиеся вокруг выглядящего небольшим купола, едва видного из-под снега.

Эвакуатор зависает над куполом, защитные

поля раскрываются ромашкой, а сверху на купол опускаются квазиживые. Теперь они вместе с десантом эвакуируют детей, а детали мы выясним потом. Вэйгу нашего звездолета уже готов к работе, а я четко осознаю, что даже представить себе состояние детей у меня вряд ли получится. Ну и код такой, что у меня предчувствие сильно такое себе.

Теперь я могу только ждать, хотя на экране видны и нырнувшие под купол медицинские капсулы, и плотно сопровождающие их десантники, и работа квазиживых «Варяга». Учитывая, что все капсулы возвращаются с мерцающими красно-желтыми огнями, ситуация грозная, даже очень. Понятно, зачем Витька позвал именно меня. Хоть «Панакея» и лучше бы тут смотрелась, но она на планету сесть не может, так что выбор очевиден.

— На борту двенадцать детей разных рас в критическом состоянии, — голосом со спокойными интонациями сообщает мне Вэйгу, и звучит это набатом буквально.

— Какие расы представлены? — сглотнув неизвестно откуда взявшийся комок в горле, интересуюсь я.

На экран выводятся названия, идентификация и изображение текущего состояния. Среди обнаруженных лишь один котенок, остальные — нет, потому нужно срочно проинформировать наших друзей. Значит...

— Вить, — зову я «Альдебаран», — дерни наших друзей. Сигнал: «найден ребенок».

— Дай протокол, — просит он меня и замолкает на несколько минут, видимо разглядывая, после чего выражается очень экспрессивно.

Понять его можно, потому что открытия у нас так себе, а беда, выходит, общая. Витька приказывает десантникам как можно больше особей взять живыми, а затем выходит на связь через ретрансляторы. Обнаруженное нами на деле настолько неприятно, что реагировать надо быстро, к тому же наши друзья смогут лучше помочь своим детям. Но вот суть обнаруженного...

Сигнал «обнаружен ребенок» пронзает Пространство, заставляя сейчас и наших друзей направлять звездолеты к системе котят. Надеюсь, больше сюрпризов пока не запланировано.

Гармония. Первое памяти

Щитоносец первого ранга Феоктистов

Сигнал с «Альдебарана» застигает нас всех врасплох. Такими кодами не шутят, но Виктор прав — сейчас под руку лезть нельзя. Вот сделает что считает правильным и прибудет, а я пока организую службу, ибо, похоже, не все так просто, как нам казалось изначально. И эта мысль заставляет меня вспоминать.

Всего по сигналу Ксии Винокуровой работало у нас шесть групп, но вот найти решение удалось только молодой паре. Юные совсем, только-только после Академии следователи сумели раскрутить клубок, оказавшийся не по силам убеленным сединами. Да, расслабились мы, успокоились, поверили в технику, забывая о том, что для следователя более важен собственный мозг. Когда все закончится, посажу их рассказывать о ходе расследования курсантам. Будут учить молодых ребят тому, как думать подобает.

— «Панакея» сообщает о тридцати трех эвакуированных, — оживает речевой информатор, подключенный к внутреннему новостному каналу. Комфортней мне слушать речь, чем читать с экрана. — Также сообщается об агрессивной фауне и необходимости трансляции.

Это логично, котята уже наши дети. Даже предавший оказался не виноват, сейчас его Наставник в себя приводит, а то хотел в Пространство шагнуть. Так вот, Ка-энин влились в Человечество, поэтому преступление против них — это преступление против нас, но ознакомиться с материалами все-таки необходимо. Поэтому подождем, конечно. Следователи, скорее всего, на «Альдебаране»...

— Товарищ Феоктистов, — оживает трансляция, — «Альдебаран» сотку передал и запросил эвакуатор, может...

— Сиди смирно, — спокойно говорю я заместителю. — Узнал что-то Винокуров в процессе выполнения задания, поэтому ждем.

— Есть, понял, — традиционно отвечает мне офицер, отключаясь.

Скорее всего, на планете остался кто-то, но если нужен именно эвакуатор, то веселого у нас мало. Хорошо, подождем. С такими мыслями я приступаю к обеду, усилием воли давя в себе крайнее любопытство. Ничто человеческое мне, так сказать, не чуждо, поэтому любопытно, конечно, чуть ли не до визга. Кстати...

— Дежурный, — вызываю я через коммуникатор. — «Альдебарану» и «Варягу» максимальный приоритет. Предупредите госпиталь о том, что у них сегодня аншлаг. Группы дознания — готовность.

Ребята, конечно, сливки уже сняли, но поработать будет где, я это чувствую. Получаю ответ дежурного, после чего уже предаюсь трапезе — так процесс принятия пищи называли в Темные Века. Сейчас-то уже никто так не говорит, но иногда приятно ввернуть что-нибудь эдакое, удивив окружающих.

— Товарищ Феоктистов, запрос экстренного коридора от «Альдебарана», — звучит голос дежурного, когда я попиваю вкуснейший компот. Люблю я заполировать обед компотом. Это старинная флотская традиция — именно такое третье блюдо.

— Проблема в чем? — интересуюсь я.

— Положено докладывать, — немного обиженно сообщает мне офицер.

Тут он прав, докладывать о таком очень даже положено, потому что экстренный коридор запрашивают экстренные службы, а не военные корабли. Именно поэтому ситуация может вызвать серьезный интерес, но в свете моих предыдущих указаний, этот доклад нелогичен. Дежурный, впрочем, действует по инструкции, поэтому я прошу прощения. Инструкции написаны кровью, да и весь Флот в этих инструкциях и традициях, так что все правильно делает офицер.

— Время прибытия у них какое? — интересуюсь я.

— Четверть часа, — отвечает успокоившийся дежурный, на что я понимающе хмыкаю.

Он сначала дал коридор и обеспечил его, а только потом принялся докладывать. Причем отследил и, лишь убедившись, что все в порядке, сообщил. Немного не по инструкции, но молодец, надо будет его отметить. А пока ждем, я иду в свой кабинет, так как увидел сообщение о приеме «Панакеи» госпиталем. Космический наш госпиталь передает протокол «Щиту» — сейчас узнаем, что нам привезли.

Я усаживаюсь за свой стол, активируя экран, на

который сразу же начинают поступать данные протокола. Индикаторы аналитической группы присутствуют, да и группа Контакта подключается, а там самые сильные у нас интуиты, поэтому скоро выдадут свое заключение, а я пока погляжу.

Итак... сообщение «Меркурия» об обнаруженном на орбитальной платформе, сообщение «Альдебарана». Тридцать три котенка, хотя поначалу нашли только два десятка. Откуда они взялись, мне, в общем, понятно, да и то, в каком состоянии, вовсе не сюрприз. Вот Мария из группы Контакта просит «Меркурий» на «Марс», но сначала сидельца нам отдадут, а потом куда угодно могут лететь. Надо лейтенантам звание накинуть, да и наградить тоже, заслужили.

А кто у нас прошел через орбитальную платформу?

— По спискам котят, прошедших через орбитальную платформу, — на обследование, — коротко приказываю я.

— Уже, товарищ Феоктистов, — отвечает он мне. — Родители всех, кроме Винокуровых, обратились с жалобами на нарушение памяти у детей.

— Занятно, — реагирую на эту реплику.

Похоже, Виктору удалось изменить прошлое без создания альтернативной реальности. Точнее это мне скажут ученые когда-нибудь потом, но вот сейчас... Сейчас мне надо изучать дальше протокол, выглядящий сильно так себе, потому что «Альдебаран» сведениями обменялся, конечно. Значит, и здесь Враг подсуетился. Трансляция нужна, прав Винокуров, прав.

— Готов предварительный анализ протокола, — сообщает мне заместитель, без команды включая на экран отчет группы. Интересно, кто первый?

— Здравствуйте, Игорь Валерьевич, — произносит сосредоточенная Мария Сергеевна, появившись на моем экране. Ожидаемо, на самом деле, группа Контакта всегда работала быстро.

— Здравствуй, Маша Сергеевна, — улыбаюсь я ей, ведь знакомы мы давно.

— По нашему мнению, коты имели какую-то религию, связанную с Врагом, — с места в карьер начинает свою речь глава группы Контакта. — В этой религии одаренные считались больными или проклятыми, были преданы своими родителями и уничтожались. Но при этом проводились опыты и эксперименты, чтобы узнать отличия и, возможно, исключить их из воспроизводства.

— Очень похоже на правду, — вздыхаю я. — Ты получила отчет госпиталя?

— Нет еще, — качает она головой, а я в ответ просто вывожу данные.

Критические поражения в основе своей, особенно у тех, кого пришлось выковыривать чуть ли не из камеры смертников — реакторов, шлюзов и тому подобных мест, где детям вообще не место. Так что версия группы Контакта имеет право на жизнь. В этот самый момент приходит сигнал о прибытии «Альдебарана» прямо к базе, а «Варяга» — к госпиталю. Одновременно с этим звучит сигнал «найден ребенок». Мне становится не по себе.

Каперанг Винокуров

Экстренный коридор нам дают моментально, что меня не удивляет — в товарища Феоктистова я верю. Именно поэтому мы с Сашкой летим очень быстро — в гиперскольжении с ускорением, что не рекомендовано, но наши звездолеты довольно хорошо защищены, поэтому подобное нарушение правил навигации им не опасно. Детей надо доставить во флотский госпиталь как можно скорее.

— Выход, — сообщает мне «Альдебаран». — Госпиталь готов.

— Отлично, — киваю я и, активировав связь, вызываю Сашку. — Удачи, брат!

— До встречи на Гармонии! — отвечает он мне, и экран снова расцветает сине-белыми столбами плазмы, почти не меняющей цвет.

Очень характерное поведение цветов в гиперскольжении с ускорением, можно сказать, визуальный контроль режима движения. «Альдебаран» идет к Главной Базе, ибо сидельцев надо передать щитоносцам да отпустить следователей, ну и семью вернуть обратно на планету, я же буду отчеты писать, точнее, рассказывать. Протоколы передаст разум звездолета, ну а подробности будут докладывать, скорее всего, десантники. Кстати, о них...

— Вася, топай в рубку, — прошу я командира тех, о ком только что подумал.

Интересно, как Сашкина семья это все перенесла? Но тут, надеюсь, никто ничего не заметил особо — эвакуатор все-таки. Большой звездолет, в том числе и для семей предназначенный. Я переключаюсь на каюту детей, чтобы убедиться, что с ними все в порядке. Валя отлично справляется, да и сестренка с ними сейчас, так что...

— Сестренка! — вызываю я Вику. — Минут десять до прибытия, возьмешь катер — и вжух, хорошо?

— Отлично, Витя, — улыбается она мне. — Малышку привили, так что только отогреть осталось.

Иммунизация — это правильно, а врачи котенка

смотреть будут уже на Гармонии, потому что у нас сейчас беготня начнется. Учитывая, детей каких рас мы нашли на планете котят, беготня ожидается очень серьезная. В момент сигнала о выходе «Альдебаран» высвечивает мне на экране то, на что я внимания доселе не обратил — именно список рас, вместе с изображением ребенка. Это он прав, мне пригодится, потому что нужно целевые вызовы послать, а не только общий.

— «Альдебаран» просит стыковку и конвой, — забыв поздороваться, произношу я, отчего дежурный очень сильно удивляется.

— «Альдебарану», — отвечает он мне. — Прошу указать...

Все, дальше пусть с ним трещит разум звездолета. Инструкции написаны кровью, но это не значит, что обмен информацией должен производить именно я. Разум звездолета вполне справится, а у меня сейчас появятся совсем другие задачи. Встав из кресла, обнаруживаю у себя за спиной Василия.

— Ну, пошли? — спрашиваю его. — Твои сами с передачей справятся?

— Куда денутся, — хмыкает он, разворачиваясь в сторону выхода из рубки.

Пока звездолет паркуется куда сказано и

протягивает галерею, мы выходим из помещения, направляясь к подъемнику. Василий молчалив, и я его понимаю: с мыслями собраться просто необходимо. Именно поэтому идем спокойно, каждый в своих думах. Вот и подъемник, долженствующий «опустить» нас на несколько уровней. Я спокойно захожу внутрь, за мной и командир десантников.

— Начали передачу, — сообщает он мне, чему-то кивнув. — Ты видел, среди спасенных сюрприз есть?

— Только что увидел, — киваю я ему, — «Альдебаран» обратил мое внимание.

— И что делать будем? — интересуется Василий.

— Пусть у Машки голова болит, — хмыкаю я, потому что дети уже все в госпитале, что значит — в безопасности.

О чем мне хочет сказать Василий, я заметил, только дважды просмотрев список спасенных детей. Один из них идентификации поддается с трудом, поэтому будет госпитальному Вэйгу, да и докторам нашим настоящий вызов, потому что «раса неизвестна». То есть нужно подключать группу Контакта и искать родную расу малышка или малышки. Это если они двуполые, ибо Вселенная многообразна...

Выйдя из подъемника, останавливаюсь у двери,

на которой горит красный сигнал. Нужно подождать, пока фауну конвою передают.

— Долго им еще? — интересуюсь я.

— Сейчас закончат, — обещает он, а затем объясняет: — Там у одной истерика. Щитоносцев увидела и от ужаса выделила адреналин, а инструкция же...

Он опять прав: в физиологических жидкостях много чего содержаться может, поэтому сначала нужна уборка и смена атмосферы в помещении, а потом уже проходить туда. Интересно, чего фауна так испугалась? Думаю, щитоносцы выяснят, а я просто уже довольно сильно устал. Домой хочу, но...

— Пошли, командир, — приглашает меня Василий, и двери раздвигаются, выпуская нас в переходный коридор.

— Пошли, — киваю я, заметив пришедшее на коммуникатор стандартное сообщение-вызов. Тот факт, что нас ожидают, совсем не секрет.

Щитоносцам на деле очень интересна и наша оценка, и факт обнаружения ребенка незнакомой расы... Это, пожалуй, самое непонятное — откуда коты взяли ребенка неизвестной расы? Подобный генокод нам совершенно точно неизвестен, и хотя друзей мы запросили, но и у них ситуация может быть схожей. Именно поэтому товарищ Феоктистов уже изнывает от нетерпения.

Коридор, поворот, третий специальный уровень. Еще два шага, и будет святая святых «Щита», блюдущего покой Человечества, но в этот раз налажавшего. Впрочем, на ошибках учатся, поэтому, скорее всего, они свои инструкции обновили. Вот следователей с «Альдебарана» мне по-человечески жалко, ибо их опрашивать будут очень долго, а ребятам сейчас бы отдохнуть. Большое дело завершили они, большое.

— Ага! — товарищ Феоктистов обнаруживается в коридоре. Он делает шаг нам навстречу, протягивая руку для пожатия. — Вот и вы! Ну-ка, пошли!

Ведет он нас в комнату совещаний, это я вижу сразу. Василий чему-то слегка улыбается, а я думаю о том, с чего начать рассказ. Наверное, стоит с самого начала... Впрочем, нет, с аномалии начну, потому что свою часть могут рассказать молодые Винокуровы, обнаруживающиеся в зале. Ага, и Машка тоже уже здесь, так что начнем, пожалуй.

— Здравствуйте, товарищи, — традиционно здороваюсь я со всеми. — Можно начинать?

— Давай, Витя, — кивает мне Игорь Валерьевич.

— «Альдебаран», — обращаюсь я к звездолету, — протокол от момента аномалии — на экран. Предлагаю сначала посмотреть.

— Выполняю, — отзывается разум моего звездолета.

На экране вмиг появляется изображение, снабженное временной шкалой, а я задумываюсь о том, как мы будем искать родителей неизвестного малыша. Искать мы их будем обязательно, потому что любой разумный человек понимает: ребенку нужны мама и папа.

Гармония. Второе памяти

Мария Сергеевна

Отправить именно брата в этот поход было правильным решением. Именно по результатам правильным, поэтому мы сейчас имеем то, что имеем. Наши друзья уже прибывают в госпиталь, чтобы забрать своих детей, а я пытаюсь понять, что делать с девочкой неизвестной расы.

— Альеор, тебе раса с таким генокодом известна? — интересуюсь я у друга.

— Нет, Маша, — качает он головой. — Она похожа на Учителей, но и им не принадлежит. Пожалуй, никто из нас с этой расой не встречался.

— А предположения есть? — спрашиваю я,

разглядывая вращающееся на экране тело, которое еще нужно восстанавливать.

Тело воссоздано по генокоду, поэтому неверная интерпретация в результате увечий исключена. Альеор, кстати, проверил со своей стороны, еще и поэтому ошибка исключена. На экране перед нами, судя по генетической идентификации, способный вынашивать себе подобных организм, то есть в нашей терминологии — девочка. Они живородящие, а не яйцекладущие, как, например, раса Тиатар, поэтому данное определение имеет смысл. У всех наших друзей вынашивающие особи имеют особый статус, потому я и считаю применимым именно такой термин, ибо расы бывают разными.

Итак, девочка. Три нижних конечности достаточно гибкие, хваткие, что говорит об интересном выверте эволюции, ну и о пониженной силе тяжести на родной планете, либо о проживании в водной среде. Однако генокод говорит о другом — прямоходящие, привычные к атмосфере и передвижению по твердым поверхностям, при этом проблемы у нее нет именно по гравитации. Возможно, речь не о пониженной, а о повышенной по сравнению с нами гравитации?

Руки вполне человеческие, пять пальцев с противостоящим, дополнительная конечность, напоминающая щупальце. Странное строение, но гармоничное. Тело вполне человеческое, голова... Два тонких усика на голове, расположенные симметрично, очень напоминают картины об инопланетянах из Древних Веков, три глаза, причем один направлен назад, что не очень обычно — природа любит симметрию. Носа как такового нет, а есть маленькие отверстия на уровне шеи. Согласно исследованию, они и служат для анализа запахов. Ну и ротовое отверстие, предназначенное для питания, тоже вполне человеческое. Я не биолог, но кажется мне что-то в этом неправильное. В любом случае нужно спрашивать творцов о том, где она могла народиться, а пока дать ребенку максимум тепла, как проснется.

Обнаруженное Витей возвращает нас к давнему вопросу о сути Врага. Судя по тому, что мы увидели, тот, для кого мы были просто мясом, использовал все возможности для уничтожения одаренных, а это не укладывается в простой страх, странный для искусственных существ. Значит... я трогаю пальцем сенсор вызова на коммуникаторе.

— Товарищ Феоктистов, — обращение официальное, ибо требуется фиксация. Традиции — наше все, как папа говорит. — Необходимо расследование. В свете последних фактов я считаю, что создатели Врага с нами были не вполне откровенны.

— Я знал, что ты поймешь, — улыбается он в ответ. — Уже работаем.

Вот как... Ну это логично, учитывая, что информации у него больше. Для Врага нет ничего святого, значит, и наши принципы для него лишь инструмент использования. Так себе новости, конечно, но учитывать, несомненно, будем. А сейчас мне важно узнать, как своих детей умудрились «потерять» наши друзья и почему нам-то ничего не сказали. Кроме того, нужна экспедиция к аномалии.

— Вика, что узнать удалось? — спрашиваю я занятую общением с нашими друзьями эмпата. Чудо-девочка с очень сильным даром.

— Истории очень похожи на ваши, Мария Сергеевна, — отвечает она мне. — Исчезновение во время экскурсий, при этом родители живы, поэтому детей им вернут.

— Ну логично, что живы, — киваю я, выдохнув. — Времени немного прошло. Работай.

Она возвращается к общению, а я думаю о том, что у нас на деле кроме котят имеются две загадки. Одна — девочка неизвестной расы, а вот вторая — человеческая девочка, наша. Это установлено совершенно точно, но обнаружить ее родственников не удается. Есть у меня ощущение, что родителей ее просто перебили... Только вот это странное маниакальное желание Врага — мучить именно девочек, а мальчиков просто убивать, мне непонятно. Необходимо точно узнать, с чем это связано, и как бы друзья наши не оказались совсем не друзьями... Это нужно хорошенько расследовать, да и помощи попросить.

— Свяжи-ка меня с Архом, — прошу я Вику.

Спустя мгновение на экране появляется хорошо знакомый мне представитель той самой расы, которую называют Учителями с большой буквы. Он изображает щупальцами жест радости встречи, внимательно глядя на меня. Вздохнув, я повторяю его жест, стараясь не скривиться — больно это, так руки изгибать.

— Маша, тебе вовсе необязательно так себя мучить, — произносит Арх, изображая улыбку. — Мы установили трансляторы эмоций, так что можешь просто улыбаться, не стараясь сломать верхнюю пару конечностей.

— Спасибо тебе, друг мой, — улыбаюсь я, искренне ему за это благодарная. — Мне нужна твоя помощь.

Быстро рассказав установленное Витькой да показав неизвестную девочку, я высказываю свои мысли и предположения, но наставник творцов меня останавливает. Он вглядывается в генокод ребенка, параллельно быстро вращая щупальцем большой полупрозрачный шар, будто висящий рядом с ним, что вполне возможно, учитывая плотность и состав их атмосферы. Мне кажется, он предполагает, каким будет ответ.

— Девочка, неизвестная вам, вакцинирована? — интересуется Арх, задавая вопрос, о котором я не подумала. Но выяснить это как раз просто.

— Нет... — задумчиво отвечаю я, поняв, что среди нас ее родителей искать бессмысленно. Непривитых детей у нас быть просто не может.

— Значит, нужно проверять в мирах или во времени, — как-то поняв, что я осознала, изображает жест удовлетворения он. — А вот что касается ребенка неизвестной расы... Как только проснется, возьми ее на руки.

— Ты что-то знаешь? — интересуюсь я.

— Я подозреваю, — отвечает мне Арх. — Девочку же, пришедшую неведомо откуда, мы поищем. След она оставить должна была.

Да, тут он прав, творцы могут найти след, тем более что радиус поиска довольно небольшой получается. А я все не могу сообразить, почему Арх порекомендовал именно взять на руки ребенка. За этим советом явно что-то кроется — но что конкретно?

Валентина

Очень странный полет получился, хотя мы с Ли больше с детьми сидели, а сейчас у нас маленькая Киу есть, занимающая все время. Судя по тому, что рассказала мне Ксиу, она становилась своей сестрой, поэтому, видимо, смогла привести «Альдебаран» в аномалию, просто притянувшись к близкому котенку. По крайней мере, как-то так я понимаю произошедшее.

Нас на «Альдебаране» не задерживают, поэтому мама уводит нас всех к катеру, чтобы оказаться наконец дома. Очень хочется верить, что опасность устранена, но одновременно с этим еще и любопытно: что удалось узнать дяде Вите? Я знаю, что с нами обязательно поделятся, а пока посматриваю в сторону детей. Ира, мама Всеслава, предлагает поговорить, к нам присоединяется и дедушка. Так интересно получается — у него есть правнуки старше меня, но он все равно дедушка.

Я знаю, о чем нам поговорить нужно: Ксиу и Слава. Моя малышка не может без мамы и сестренки, а вот как он? Ему же тоже нужно материнское тепло... Деда нашего люди зовут Наставником и очень уважают, поэтому я с надеждой на него смотрю, а он просто улыбается, отчего на душе спокойнее становится. Мы рассаживаемся за круглым столом в гостиной, бабушка сервирует чай и сладости — точнее сервируют квазиживые под ее руководством. Все сладости сделаны ее руками, отчего кажутся вкуснее в сотни раз.

— Прежде чем вы начнете спорить, — улыбается дедушка, — я расскажу вам, как ситуация видится мне, согласны?

Мы с Ирой киваем одновременно, а окончательно уже договорившиеся наши мужья только улыбаются. По-моему, я сама себе проблему придумываю, а мужчины уже все поняли и решили. Но они дают возможность и нам участвовать в этом процессе, хотя мне иногда хочется, чтобы ситуация развивалась сама собой.

— Ксия запечатлелась на Всеслава, — произносит тот, кого зовут Наставником. — Он к ней неровно дышит изначально, значит, теперь разлучать детей плохая мысль, поэтому у меня простое предложение.

— Объединить дома, — кивает Володя, он Славкин папа. — Это самый простой выход: дети смогут не расставаться, а милой не нужно будет привыкать к новой обстановке.

— Я... — с какой же благодарностью смотрит на мужа Ира, просто неописуемой. — Я согласна. Это действительно лучший выход.

— Тогда пьем чай, пока... — дом чуть сотрясается, звенят чашки, а дедушка выглядывает в окно, начав улыбаться шире, — пока дома объединяются.

Я понимаю, что происходит: квазиживые паркуют дом Славки рядом с нашим, открывая переходные галереи. Все соединения между домами типовые, поэтому процесс идет без нашего участия, достаточно дедушкиного, как главы семьи, согласия — а он-то точно согласился. Значит, решение найдено, получается?

— Эта проблема решилась, — кивает он. — И приключения детей закончились.

— Деда... — нерешительно обращаюсь я к нему. — А что было-то?

— В точности мы этого еще не знаем, — вздыхает он, грустно взглянув на меня. — «Щит» даст часть информации, которая нам доподлинно известна, а затем будет выяснять дальше. Понимаешь, несмотря на то что один повзрослевший мальчишка посчитал себя предателем, вины его в произошедшем не было. Это урок нам — проверять разумных на предмет скрытых бомб, и это урок нашим друзьям — использовать Критерий возможно и против нас.

Дедушка начинает свой рассказ, я внимательно его слушаю, но вот из самого рассказа получается, что котят без их ведома готовили против нас. Против Разумных, разделяющих наш Критерий, а это значит — или Враг не исчез, или есть какие-то подробности, нам неизвестные пока. Котятам вживляли в голову программу, как примитивным роботам, поэтому, если бы не дядя Витя, все были бы в опасности.

По этому поводу будет трансляция, возможно даже сегодня, неизвестно еще, но самое главное я понимаю: дети в безопасности уже, значит, можно отпускать Ксию и Славку в школу, а Киу, если сможет — в детский сад. А не сможет, тогда мы все обязательно что-нибудь придумаем, потому что мы одна семья.

Я себя такой защищенной, кажется, никогда не чувствовала. Раздумывая о том, что теперь можно просто расслабиться и жить, я чуть не пропускаю зажегшийся на коммуникаторе желтый сигнал трансляции. Выходит, произошло что-то срочное, раз трансляция так скоро. Обычно о ней предупреждают заранее, но вот сейчас... Я удивленно поднимаю взгляд на деда, но он спокоен, только чуть улыбается и жестом включает экран, расположенный справа от нас на стене.

— Разумные! — на экране появляется товарищ Феоктистов, глава «Щита». — Я расскажу вам необычную историю.

Я знаю: сейчас в каждом доме, в больницах, заводах и академиях звучит этот голос. Щитоносец рассказывает разумным подлинную историю котят. Когда-то давно погибающий улей Врага повстречал звездолет Ка-энин, но уничтожать его не стал, а каким-то образом сумел помочь, убедив в своей «божественности». Товарищ Феоктистов объясняет, что это означает, и я осознаю: Ка-энин стали фанатиками, пожелавшими излечиться от дара творца, для чего и был придуман вирус.

Страшные, жуткие эксперименты над детьми ради того, чтобы гарантированно уничтожить всякое проявление дара, просто не укладываются в моей голове, а с экрана звучат записи допросов. И принесшие в жертву своих детей яростно бросаются на стенки камер, желая убивать носителей дара. Это очень страшно, поэтому я понимаю, почему дети отстранены от трансляции. Но как будто показанного мало, щитоносец повествует о том, что было вживлено в головы детей, как и о том, почему этого сейчас нет. Я уже плачу, понимая, что цивилизация Ка-энин оказалась не просто дикой, а фауной, но мы уже приняли котят, поэтому происходящее — наше общее дело.

— Было выяснено, что Ка-энин держали на планете с непонятной целью представителей многих рас, — продолжает свою речь товарищ Феоктистов. — Все они были госпитализированы в критическом состоянии. При этом установлено, что одна из них принадлежит неизвестной нам расе, а вторая не имеет корней среди Человечества.

Кажется, на этом можно заканчивать общение, но самую шокирующую новость щитоносец приберег напоследок: раса создателей Врага, те, что стали нашими новыми друзьями, внезапно исчезла. После рейда дяди Вити в прошлое внезапно обнаружилось, что этой расы нигде нет, что требует расследования. Сейчас же дети Ка-энин совершенно точно в безопасности.

Трансляция заканчивается, оставляя меня сидеть в полнейшем ступоре. Я себе такого даже представить, оказывается, не могла. Дикие, жестокие народы... Сами по себе они опасны, и Контакт с ними запрещен, но в данном случае раса уничтожила сама себя полностью, желая нарушить естественный ход эволюции, подвергнув детей пыткам, а подростков просто убивая. Я никогда такого не пойму.

Гармония. Десятое памяти

Мария Сергеевна

Почему все же Арх посоветовал взять ребенка на руки? Привыкнув к тому, что Учителя ничего просто так не говорят, я жду, когда восстановленного ребенка разбудят, но при этом не чувствую ничего особенного. То есть дары мои молчат, при этом есть ощущение прикосновения к чуду. Почему-то мой друг считает, что лучшей мамой для малышки буду я... Взяв ребенка на руки, я совершенно точно не смогу ее отпустить. Но почему именно я?

Вокруг много девушек и женщин, но Арх именно меня имел в виду, иначе бы он построил фразу по-другому. Значит, наставник творцов считает, что именно я должна быть мамой малышке неизвестной нам расы. Не думаю, что он ошибается, поэтому обретаюсь сейчас в каюте ожидания флотского госпиталя, окруженная всей моей семьей. Они меня поддерживают, отлично понимая происходящее, — и уже нашедшие свой путь в жизни, и даже малыши.

— Мария Сергеевна, пять минут, — сообщает мне коммуникатор.

Улыбнувшись, я встаю на ноги и двигаюсь в сторону выхода. Почему-то мне вспоминается сейчас первая встреча с папой — каким он был внимательным, ласковым... имя мне подарил. Он дал мне имя самого близкого ему тогда человека, ведь о том, что тетя Маша жива, в то время не знали. Я иду к палате неведомой малышки, а у меня перед глазами стоит папа. Как он принял совершенно чужих ему тогда девочек, ведь нас суммарно двадцать было! Как моментально полюбил и любит до сих пор. Мое сердце сейчас наполняется теплом, потому что я помню, каким он был, и сама становлюсь такой же в этот миг.

Крышка капсулы убирается в сторону, малышку заворачивает в псевдоткань, но мне сейчас уже неважно, как она выглядит. Я чувствую внутреннее родство и решительно вынимаю мою новую доченьку из капсулы. Я прижимаю ее к груди, глажу, даже не понимая сама, что делаю, но тут чувствую движение, а слева от меня кто-то громко ахает. Я непонимающе оглядываюсь, увидев Таньку с очень большими удивленными глазами. Она не отрываясь смотрит на прижатого к моей груди ребенка, вынуждая и меня посмотреть в ту же сторону.

Малышка меняется. Очень быстро в моих руках меняется ребенок неведомой расы, становясь копией меня маленькой, то есть, получается, папы. Ведь я скопировала в свое время его, и выходит, что девочка становится буквально моей... Пожалуй, сейчас я понимаю Арха: меня подобное изменение совсем не испугает, ведь и я стала такой не от рождения. И вот спустя минут пять малышка смотрит на меня моими же глазами. Удивительные они просто...

— Маша, — негромко говорю я, понимая, что произнесла это ровно так же, как в свое время папа. — Ты Машенька, — повторяю я ей и вижу самую первую улыбку очень маленькой, навскидку годовалой девочки.

— Поголовье Машек увеличилось, — смеется Танька. — Ну, неси хвалиться!

Я улыбаюсь, прижимая к себе это сокровище. Ребенок — адаптант, то есть адаптируется к новым условиям, родителям, всему. Именно то, как она выглядела, показывает, что дитя мучили, заставляя принимать разные формы, видимо изучая адаптируемость. Вот только дело в том, что все расы адаптантов, мне лично известные, считаются полностью вымершими. Откуда же взялась девочка?

Сейчас это уже определить невозможно — генокод ребенка очень скоро будет копировать мой. Но то, что было изначально, мы сохранили. Впрочем, если ее мучили, многократно принуждая менять форму, тогда изначальный генокод просто перекручен и не идентифицируется.

— Ой, кто это у нас такой? — удивляются мои девочки, обступая меня со всех сторон. — Какая милая! А как зовут малышку?

— Машенькой ее зовут, — отзываюсь я. — Она адаптант, девочки.

— Ого... — шепчет самая младшая моя. — Значит...

— Да, — киваю я, активируя браслет. — Сообщение Феоктистову. Ребенок неизвестной расы — адаптант. Конец.

Вот ему сейчас весело будет. А мне нужно домой с семьей. Мне очень домой нужно, но сначала, конечно, малышку одеть и покормить. Детские бутылочки уже приготовлены, ибо сама она точно не умеет, а комбинезон убережет от неприятных сюрпризов. По идее, опыт предыдущей жизни, насколько мы осведомлены об адаптантах, должен был удалиться в момент адаптации, но кто ее знает... Рисковать никто не будет.

— А кто поможет одеть ребенка? — интересуюсь я у дочек и внучек, ибо мальчики самоустранились. Конкуренции не выдержали.

— Вот комбинезон, — штук пять сразу же протянули. Как бы не подрались, что ли.

Я сама хихикаю от своих мыслей, глубоко, на самом деле, Арху благодарная. Ведь дети — это чудо. Снова мне чудо волшебное подарили, здорово же? Вот и я так думаю. Сейчас буду кормить, а там и домой полетим. Скорее всего, сейчас расследование интенсифицируется — все-таки, откуда у котов взялись все эти дети, выяснить необходимо. Я думаю, Игорь Валерьевич это и сам отлично понимает, тем более у него двое юных дарований появилось. Вот кажется мне, у обоих дар какой-то необычный, по-видимому, есть. Надо будет на них посмотреть...

Машенька, названная мною этим именем просто по наитию, отлично ест из бутылочки, глядя на меня так, что мне ее из рук вообще выпускать не хочется. Каждый раз, держа в руках малышку, я испытываю те же эмоции... Мама — это звание, я знаю, ведь моя мама точно же такая. Я помню, как потянулась к ней тогда, много лет назад, как стала малышкой в ее руках, забывая все плохое, что было в моей жизни... А папа... Он волшебный просто! Ничего, мой муж не хуже, сама выбирала!

Стоит маленькой моей доесть, и мы отправляемся на Гармонию, домой. В тот самый дом, где я выросла и откуда улетать не собираюсь, поэтому дом Винокуровых — достопримечательность Гармонии. Гигантский уже комплекс домов, связанных между собой. Нам даже общий семейный отобус отдали, потому что много нас. И дети, и внуки никуда от нас не улетают. Это считается нормой, потому что вдали от родителей никто жить не хочет. Одна большая, просто огромная семья. Мечта маленькой Маши — а теперь у новой Машеньки будет много родственников, друзей и самая счастливая жизнь. Все плохое закончилось, малышка.

А дома Ксия, наверное, думает о том, как со своим мальчиком не расставаться, но папа, я знаю, уже обо всем позаботился, так что беспокоиться не о чем. И когда электролет начинает снижаться, я сразу же убеждаюсь в своей правоте: новый сектор дома сверкает солнечными панелями на солнце. Чего-чего, а солнца на Гармонии много.

— Ну что, малышка, — интересуюсь я у Машеньки, — будем знакомиться с семьей?

Солнечная, счастливая улыбка ребенка служит мне ответом.

Ксия

Я понимаю, что нахожусь во сне, но окружающее пространство мне что-то напоминает. Будто далекое детство испуганной Кха-ис шестьдесят четвертой заглядывает сейчас в мой сон. Надо же, я еще помню, как меня звали тогда! Я лечу среди звезд, вижу какие-то планеты, однако уже понимаю, куда мне нужно попасть. Пролетев совсем немного, я вдруг оказываюсь в классе, узнавая всех вокруг.

— Здравствуй, Марфуша! — радостно здороваюсь я с той, что держала меня в руках будто вечность назад.

— Здравствуй, Ксия, — радуется она мне.

Затем в классе появляются наши учителя. Я их тоже хорошо знаю, потому что это дядя Сережа и тетя Ира, они очень хорошие и добрые. В классе еще есть дети, и даже Ка-энин! Я принимаюсь знакомиться, а учителя ждут, потому что это важно очень. Но стоит мне пожалеть, что Славка со мной в сон не попал, как меня обнимают его руки. Развернувшись, я вижу того, без кого жить просто не согласна. Он тоже здоровается со всеми, после чего мы рассаживаемся за парты.

— Сегодня у нас практическое занятие, — сообщает нам дядя Сережа. — Ксия и Всеслав с теорией ознакомятся днем, а мы поищем следы двоих разумных.

— А как так? — удивляется мой Славка.

Тетя Ира, улыбнувшись, начинает рассказывать нам о том, что творцы могут найти след потерянного ребенка в мирах, но это не работает в случае сирот, потому что тогда связи нет. И со взрослыми не работает, а почему, я не понимаю. Мы со Славкой творцы, это дар такой, он многогранный, поэтому во сне мы теперь учимся им владеть. Получается, от школы теперь даже во сне не спрятаться.

— Для начала, — произносит дядя Сережа, показывая на большой экран, — мы поищем вот эту девочку.

На экране обычная человеческая девочка трех лет от роду, но вокруг нее какой-то ореол странный. Не понимая, что это значит, я спрашиваю учителей, которые сразу начинают нам со Славкой объяснять, что так выглядит характерная визуализация наличия дара. В учебнике, который нам пришлют утром, будет об этом рассказано, а пока нужно определить, нет ли следа ребенка в нашем и других мирах. Это жутко интересно, хоть и непонятно.

Дядя Сережа задумывается, а затем с улыбкой смотрит на меня. По-моему, он осознает, что я не понимаю, о чем они говорят, поэтому хочет что-то сделать. Я, конечно, не боюсь, мне просто любопытно.

— Ксия, хочешь послужить примером? — интересуется он у меня, на что я просто киваю. Интересно же!

На экране появляюсь я, и ореол у меня немножко другой по цвету, но я не обращаю на это внимания. Затем что-то меняется, и вокруг меня появляются линии, похожие на провода. Они разных цветов, а одна вообще оборвана. Дядя Сережа начинает объяснять, что означает каждая из этих линий.

— Оборванная нить означает, что связь была, но реципиент погиб, — произносит наш учитель. — Обычно подобная связь относится к категории мать-дитя, но цвет ее отличается. Это погибшая наставница нашей Ксии — ее Хи-аш.

Подобные мне ученики всхлипывают, на глазах некоторых появляются слезы — они хорошо понимают, что это значит. Затем дядя Сережа выделяет еще одну «нить», она правильного цвета, потому что у меня же есть мама. И еще одну, рассказывая о том, что такое импринтинг, и почему я без своего Славки не выживу. Все слушают его, а котята — нас так люди зовут — еще и удивляются.

— Проследив линию мать-дитя, мы легко можем найти планету, — объясняет дядя Сережа. — Делается это так...

И на экране возникает Гармония. Ну это правильно же, потому что мы там живем, именно там моя мама. Я начинаю понимать, о чем учитель говорит, и уже готова рассматривать неизвестно откуда пришедшую девочку. Дядя Сережа возвращает ее на экран, снова визуализируя «нити», но они, кажется, все оборваны.

— Получается, у нее все умерли? — удивленно спрашиваю я.

— Получается, — кивает он. — К сожалению, мы не можем увидеть прошлое, но это значит, что девочка сирота.

Я поднимаюсь со своего места, подходя к экрану, — кое-что мне кажется очень знакомым. Рассматривая ее, замечаю символы, появившиеся справа. Они мне ничего не говорят, но тут что-то во мне заставляет меня прикоснуться к одному из них. Изображение на экране меняется — теперь девочка выглядит немножко иначе, при этом я даже не понимаю, что изменилось.

— Очень интересно, — говорит дядя Сережа. — А если так?

Он трогает еще один значок, и у девочки на экране ушки меняются, они мне вполне знакомы, потому что я их каждый день вижу.

— Ой, она как мама! — восклицаю я. — Но у нее все равно нет линий совсем, а как так может быть? И почему она меняется?

— Почему она меняется, — отвечает мне дядя Сережа, — мы узнаем позже, утром спросим наших друзей, раз у нас такой сюрприз.

— А вторая девочка? — напоминаю я ему.

— А вторая девочка неизвестной расы, — объясняет он, выводя на экран изображение.

Вот только на экране облако странное, выглядит совершенно необъяснимо, и я не понимаю, что это значит. Зато наши учителя очень даже соображают, принявшись быстро-быстро нажимать незнакомые мне символы по краю экрана. Проходит, наверное, полчаса, и облачко на экране становится совсем ни на что не похожим. Это шарик, у которого щупальца во все стороны растут.

— Женская особь, — замечает дядя Сережа. — Но два пола было только у Ихитаритан...

— Эта девочка может адаптироваться к любой расе, — объясняет мне тетя Ира. — Полностью меняясь, включая генокод. Так она выглядела до всех изменений, только...

— Выходит, мы знаем эту расу? — удивляюсь я.

— Ее наши друзья знают, — отвечает мне учительница. — В основном потому, что раса исчезла семь тысяч лет назад.

Ого... Получается, у нас есть ребенок расы, которой семь тысяч лет не существует уже? Надо срочно тете Маше рассказать! С этой самой мыслью я просыпаюсь и уже хочу бежать к переговорному экрану, потому что она на орбите, а мой коммуникатор детский, и такого не умеет, ну, кроме экстренных случаев, а сейчас случай явно не экстренный. Так вот, я уже бежать хочу, но тут в комнату нашу со Славкой мамочка входит.

— Дети, просыпайтесь, одевайтесь, — просит она нас. — Тетя Маша с новым членом семьи скоро будет.

— Это та девочка, которая из исчезнувшей семь тысяч лет назад расы? — спрашиваю я, но мамочка не понимает моего вопроса.

Только позже, когда тетя Маша прибывает, она объясняет мне, что кем бы ни был этот ребенок раньше, она теперь наша. С этим я согласна, даже очень. Пока все любуются на новую младшую, я думаю о школе. Соскучилась я по всем, и Славка тоже соскучился, я знаю. Поэтому надо все-таки собираться в школу, потому что сил нет как хочется с друзьями встретиться!

Главная база. Пятнадцатое памяти

Щитоносец первого ранга Феоктистов

Начались уже траурные традиционные мероприятия Памяти Человечества о своих погибших, но у нас работа не останавливается. Молодые следователи показали настолько серьезную эффективность в работе, что это попахивает мистикой. Сначала раскрутившие дело с едва не погибшими детьми, они в рекордные сроки нашли и виновных, при этом доказав, что их вины не было. Затем поход с «Альдебараном», а теперь нам нужно осторожно и внимательно расследовать вопросы в отношении наших новых друзей, могущих оказаться вовсе не друзьями. Я сижу в своем кабинете, а передо мной собираются группы расследования. Совещание у нас.

— Итак, товарищи, — я сразу приступаю к делу. Времени у нас не так много. — Ничего еще не закончилось, но сначала я бы хотел, чтобы наши молодые дарования посетили Академию, и рассказали курсантам, как именно им удалось раскрыть это непростое дело. Кстати, Федор Всеволодович, — обращаюсь я к куратору молодых, — как вы объясните подобный успех?

— Трудно сказать, — вздыхает он. — Думаю, лучше спросить их самих.

Я киваю, нажимая на сенсор. Заранее предупрежденный адъютант приглашает в зал совещаний пару — юношу и девушку. Кстати, единственная группа, работающая в паре, обычно народа в группе побольше. Совсем молодые еще, едва-едва двадцать стукнуло, а утерли нос всем опытным товарищам. Этот опыт надо изучить, ибо развиваться необходимо постоянно.

— Здравствуйте, товарищи, — улыбаюсь я им. — Пожалуйста, расскажите, как вам удалось раскрутить такую сложную задачу.

— Наверное, дело в общности интересов, — задумчиво говорит девушка с характерным разрезом глаз. Ульяна Хань ее зовут, насколько я помню. — Мы с Ильей с детства увлекались детективной историей Темных Веков и Древности. Он нашел в архиве сборник историй под названием «детективы», их мы и читали.

— И как это связано? — не понимаю я.

— В этих «детективах», — объясняет мне юноша, прижимая к себе Ульяну, даря тем самым поддержку, — рассказано о преступлениях древности, методах расследований, поисках преступника и так далее. Изучая эти методы, мы, во-первых, поняли, на что способны дикие народы, а во-вторых, разобрались в структуре расследований. Оказалось, что криминалистика — большая наука, которой нас не учили.

— То есть нужно предусмотреть в программе Академии, — понимаю я. — А сейчас, выходит, подобными методами владеете только вы?

Илья сразу же предлагает нам всем решить простую, по его словам, задачу. Я внимательно вслушиваюсь в нее, пытаясь разложить по полочкам, но понимаю, что это не в моих силах.

— Это можно легко установить, если предложить коллегам такую задачу, — сообщает он нам. — На отдаленной космической станции второй эпохи произошло убийство. Щитоносцу сообщили, что вечером на месте преступления находились только три человека: Джон, Сара и Майкл. Каждый из них сделал одно заявление: Джон сказал, что не убивал, Сара, что убийца Майкл, а тот, в свою очередь, обвинил ее во лжи. Щитоносцу известно, что только одно из этих трех заявлений — ложь. Кто убийца?

— Это логическая задача! — уверенно заявляет кто-то из следователей, на что молодой следователь только улыбается.

И вот тут я вижу основную проблему: умудренные опытом коллеги ставят под сомнение условие задачи, не пытаясь ее решить. К тому же нервирует уходящее время, потому что Илья визуализирует таймер. Именно поэтому коллеги начинают нервничать, делая неверные предположения, а еще — они слишком полагаются на квазиживых.

— Как так — помощь запрещена? — удивляется один из следователей, обратившись к разуму отдела расследований.

— Я запретил, — сообщаю ему. — Итак, ваше мнение?

— Я бы сказал, что виноват... хм... — задумывается куратор молодых сотрудников. — Пожалуй, Джон, но вот доказать...

— На самом деле, все просто, — улыбается Илья, в двух словах объяснив ход решения и почему он именно такой.

— Значит, нужно дополнить программу Академии, — решаю я, когда Ульяна дает задачу посложнее, разобраться с которой оказывается очень непросто. — Мы слишком надеемся на квазиживых и не думаем сами. Что же, с этим понятно.

При таких условиях я понимаю, что с расследованием, пожалуй, эти двое справятся. Мне нравится, что я не вижу обиды со стороны «старой гвардии», уже признавшей умения Ульяны и Ильи. Они все участвовали в допросах, так что теперь отлично понимают, с чем нам придется столкнуться.

— В таком случае Синицын и Хань возглавляют группу текущего расследования, а мы все им помогаем по мере сил, — предлагаю я, оглянувшись на Таисию.

Она у меня эмпат, поэтому настроения видит, улыбнувшись мне в ответ. Значит, все хорошо и никакого дележа не будет. Уже хорошая новость. Дело очень сложное, и суть его даже не в опасности для следователей, хотя она есть. Мы постараемся их прикрыть, но при этом, конечно... В общем, более опытные коллеги предпочитают второй эшелон, и это правильно. Хорошо нас всех воспитывают, никаких внутренних распрей, что для «Щита» было бы смертельно.

Распустив товарищей, я в задумчивости стою у

экрана, рассматривая нашу Гармонию. Невероятно красивая планета, ничем не хуже Кедрозора или Драконии, но я очень люблю именно ее. И, конечно же, сделаю все возможное, чтобы Человечество жило в мире и покое. Чтобы дети спокойно летали в школу, не опасаясь того, что двигатели могут быть взяты под контроль какой-то враждебной силой. Чтобы малыши улыбались, радуясь новому дню. Ведь дети превыше всего.

Я верю — однажды враги закончатся, и «Щит» станет ненужным, но пока этого не случилось, надо работать. Все-таки это мы прокололись с котами, и только благодаря дару Ксии не случилось трагедии. Надо будет отметить ее, просто обязательно, ведь она спасла многих, и забывать это не следует. Виктору тоже... Кстати, а не пора ли товарищу Винокурову в адмиралы? Надо будет с командованием Флота данный вопрос провентилировать.

Ну своих я награжу сам... Когда все закончится, тогда и награжу, а сейчас мне очень хочется отправиться на природу. Посидеть на берегу реки, подумать...

— Электролет, товарищ Феоктистов, — сообщает мне помощник, будто прочтя мои мысли.

Я благодарю, сделав шаг от экрана, чтобы отправиться на причальную палубу, где меня ждет личный транспорт. Сейчас я махну в одно живописное место, где в такое время никого нет. Хочу просто бездумно сидеть на берегу, глядя на спокойные воды реки, и слушать лес. Устал я все-таки.

Ксия

Сегодня один из дней Памяти. Мы вспоминаем все то, что сопровождало Человечество на пути к Звездам. Всех тех, кто не дошел, кто своей жизнью выкупил нашу, кто пал на пути к Разуму. И вот сегодня все Ка-энин плачут, потому что перед нами встают наши Хи-аш. Будучи сами совсем еще детьми, они передавали нам знания и мудрость, согревая совсем маленьких девочек и мальчиков, заменяя предавших взрослых.

Сегодня мы уже знаем: не все взрослые были убиты, и вовсе не вирусом, а предавшими своих детей фанатиками. Теперь мы все — часть Человечества, у каждого из нас есть мама и папа, но своих Хи-аш мы не забудем никогда.

Славка обнимает меня, деля пополам мою скорбь, потому что он самый лучший на свете, и жить без него я совсем не согласна. И он без меня тоже, потому что он сам так сказал, а Славка ошибаться не может. Я все смотрю в глаза моей погибшей Хи-аш... Я знаю, что с ней случилась вовсе не авария. В первый раз ее пытались убить, но она выжила, а все потому, что смогла вспомнить, как убили ее маму. Это знание было очень опасным, поэтому ее и пытались уничтожить, а она все рассказывала наставникам о том, что вспомнила. Откуда ей было знать, что даже среди них были предатели?

Я буду помнить тебя всегда, Хи-аш. Мы будем помнить всех, потому что это правильно, — так говорят наши учителя. А они совершенно точно знают, как правильно. Заканчивается процедура Прощания, и мы отправляемся домой. После того как мы поплакали, учиться точно не получится, и наставники очень хорошо понимают это.

— Папа сказал, сегодня после школы мы на природу летим, — напоминает мне Славка. — Так что ждем его у школы.

— Ага, — киваю я, направляясь к причальной палубе школы, где сейчас отобус стоит, а совсем скоро и родители налетят, не только наши, кстати.

Родители очень любят привозить и увозить своих детей, но при этом заботятся и о самостоятельности, поэтому обычно мы домой на отобусе, а сегодня нас просто дядя Володя заберет, увозя туда, где лес и спокойно. Вот, кстати, и его электролет. Светло-синий, с отметкой медиков на борту, он просто зависает на месте, позволяя нам со Славкой забраться внутрь, в ласково обнимающие нас со всех сторон детские кресла.

Движение вжимает меня в спинку, но это совсем не страшно, потому что я совершенно уверена в своей безопасности, а Славка расспрашивает папу, куда именно мы летим и кто еще будет. Оказывается, всех детей забирают, чтобы меня растормошить, ну и других котят, ведь нас много в семье. Нас нужно порадовать, потормошить, чтобы мы не плакали. Хи-аш навсегда останется в моей душе, а сейчас нужно жить дальше, в том числе и за нее.

Хотя мне хочется посмотреть, где мы летим, но я чувствую Славкину руку, отчего мне становится очень тепло и хорошо. Уютно просто становится, поэтому я закрываю глаза и дремлю, думая о том, какой же дальний путь я прошла от никому не нужной, последней Кха-ис до Ксии, у которой есть мама, папа, много братьев, сестренок, дядь и теть, но самое главное — у меня Славка есть!

— Выгружаемся, — будит меня голос дяди Володи, заставляя распахнуть глаза пошире.

Кресло выпускает меня, а Славка ловит на руки. Ему тяжело, все-таки мы не взрослые, но он держит меня в руках и смотрит так, что у меня просто нет слов. Я даже не шевелюсь, будто и забыв, как дышать нужно, а он опускается со мной на руках на траву, но ничего не говорит. Мне тоже не нужны слова, ведь он такой... Такой... Просто слов нет, чтобы это описать.

— Голубки, есть хотите? — словно сквозь вату доносится до нас голос дедушки, и я с трудом поднимаю голову, чтобы увидеть его.

— Им не до еды, — смеется бабушка, но она не зло смеется, а очень ласково как-то.

Мы отвлекаемся друг от друга, поднявшись на ноги, а я не могу понять, что это такое сейчас было. Как будто что-то очень сказочное случилось между нами в этот миг, только я не знаю, что. Надо будет мамочку спросить...

А вокруг нас зеленая трава, неподалеку шумит ветвями лес, а чуть дальше озеро, я его по запаху чувствую. Мне так хорошо в этот миг, так спокойно, что и думать не хочется ни о чем. Запахи вкусные просто подманивают нас к столу, будто растущему из земли, и стоит только подойти, и мы со Славкой получаем по железной палочке с кусками хорошо прожаренного очень вкусного мяса. Я знаю, что мясо не было живым и дышащим, но в этот момент возникает какое-то ощущение дикости, что ли... Хочется прыгать, бегать и рыком распугивать живность, как делали наши далекие предки на заре цивилизации.

Доев, мы со Славкой отправляемся к озеру — просто сидеть на берегу в объятиях друг друга и совсем ни о чем не думать. Вот совершенно! Завтра у нас неделя каникул начинается, а потом опять школа. Мы вырастем, станем... Я еще не знаю, кем мы станем, но совершенно точно будем Разумными. Потому что нет ничего лучше движения вперед и нет ничего дороже детей. И мы, сами еще дети, очень хорошо осознаем этот Критерий Разумности Человечества.

Нас никто не отвлекает, ведь взрослые все-все понимают, а я все думаю о том, каким оно будет — наше будущее. Славка обнимает меня, что-то тихо насвистывая. Он у меня умеет свистеть, как люди в Древности, его дядя Виталий научил. А мне так хорошо... Даже очень. И я чувствую себя единой с природой вокруг, ощущая радость оттого, что могу просто так посидеть.

Нет и не может быть никакой опасности вокруг, а те, кто нас предал... Мамочка сказала, что о них думать не надо, поэтому я не думаю уже. Именно это ощущение безопасности поначалу меня удивляло, но теперь-то я знаю. Вон как на мой сон отреагировало все Человечество! Это ли не чудо?

— Ну как ты? — спрашивает меня Славка.

— Лучше всех, — отвечаю ему.

Ведь я действительно лучше всех себя чувствую: вокруг моя семья, самая лучшая на свете, рядом Славка, а это значит — нечего грустить!

Мы живем в самом лучшем мире, уж мне-то есть с чем сравнивать, с самыми лучшими разумными! И ничего плохого случиться с ребенком просто не может, потому что... Потому что дети превыше всего!

Contents

Ка-эд. Второе демиула, третий день	1
Ка-эд. Второе демиула, двадцатый день	13
Дракония. Пятое лучезара	25
Минсяо. Пятое лучезара	37
Минсяо. Шестое лучезара	49
Минсяо. Седьмое лучезара	61
Постранство. Восьмое лучезара	73
Гармония. Восьмое лучезара	87
Орбита. Девятое лучезара	99
Госпиталь. Девятое лучезара	111
Гармония. Десятое лучезара	125
Гармония. Месяц лучезар	137
Гармония. Первое орбитала	149
Гармония. Несколько циклов спустя	161
Гармония. Шестидесятое кратерия	173
Гармония. Месяц кратерий	187
Пространство. Конец кратерия	199
Пространство. Прошлое время	211
Пространство. Орбитал прошлого	223
Аномалия. Орбитал прошлого	237
Пространство. Путь во времени	249
Пространство. Первое памяти	261
Гармония. Первое памяти	273
Гармония. Второе памяти	287
Гармония. Десятое памяти	299
Главная база. Пятнадцатое памяти	311

www.ingramcontent.com/pod-product-compliance
Lightning Source LLC
LaVergne TN
LVHW021330080526
838202LV00003B/128